filho da noite

ANTONIO CALLONI

filho da noite

valentina
Rio de Janeiro, 2020
1ª Edição

Copyright © 2019 *by* Antonio Calloni

CAPA
Silvana Mattievich

DIAGRAMAÇÃO
Kátia Regina Silva | editoríârte

Impresso no Brasil
Printed in Brazil
2020

CIP–BRASIL. CATALOGAÇÃO NA PUBLICAÇÃO
SINDICATO NACIONAL DOS EDITORES DE LIVROS, RJ
VANESSA MAFRA XAVIER SALGADO – BIBLIOTECÁRIA CRB-7/6644

C162f

Calloni, Antonio, 1961-
    Filho da noite / Antonio Calloni. — 1. ed. — Rio de Janeiro: Valentina, 2020.
    160 p. ; 21 cm.

    ISBN 978-85-5889-104-2

    1. Romance brasileiro. I. Título.

CDD: 869.3
CDU: 82-31(81)

20-62313

Todos os livros da Editora Valentina estão em conformidade com o novo Acordo Ortográfico da Língua Portuguesa.

Todos os direitos desta edição reservados à

EDITORA VALENTINA
Rua Santa Clara 50/1107 – Copacabana
Rio de Janeiro – 22041-012
Tel/Fax: (21) 3208-8777
www.editoravalentina.com.br

Para meus pais
Laura Gianneschi Calloni e Ennio Pietro Calloni

PARTE UM

"a vida é sonho…"

PEDRO CALDERÓN DE LA BARCA

... É possível.

É possível que eu esteja vendo uma cortina vermelha, de veludo, pesada, se abrindo perante meus olhos de espectador; e que o espectador seja o inventor, o ouvinte da própria memória e de muitas outras.

O tempo, aprisionado no cheiro desse vento, me mostra que o fantasma do velho que me olhava do alto da torre talvez ainda exista. Aquele que moldou o tempo de meu pai, homem de sonhos, de inocência, e que beijou minha mãe, sua primeira e única mulher. A mulher do corpo, alegre de vida. E de paixões ignorantes e práticas. A mulher do prazer. É possível.

Palavras da infância. Paisagens, cores, histórias, cenários, cheiros. O casarão com seus muitos cômodos imensos. Com seu pé direito assombrosamente alto, majestoso, com ares de castelo. Uma ilha incrustada no meio de uma vizinhança pacata e silenciosa. De interior.

Casarão... e a imagem do velho na torre, olhos vazios a me vigiar enquanto eu corria no imenso jardim. O velho que reconhecia meus músculos e percebia tardiamente, com sua inteligência mais primária, que a vida sempre vence...

Agenor, homem de olfato canino e monstruosa pujança.

O primeiro sonho do filho com a mulher que se dissolvia ao vento.

A intuição do corpo.

A ideia quase sempre hiperbólica.

A visão do gavião inerte, no chão – "ele não voa mais..."

A porra e a morte.

Minha mãe. Seu enorme desejo estava sempre perto, espetacular, fácil, solar. Faltava-lhe inteligência, sobravam-lhe oceanos.

A morte é sempre o melhor estímulo. A vida é sempre o melhor estímulo. O primeiro choro, o berro, o choque, o medo, a claridade, o calor, o carinho, o colostro. O cenário jamais deixa de ser real, o casarão e seus fantasmas estão lá.

É possível.

A luz forte de uma pequena luminária espalha seu brilho por toda a austera organização da mesa. O foco luminoso revela papéis, carnês, uma Olivetti, fichários, blocos de notas, um computador, uma HP, lápis, clipes, grampeador, furador, duas sereias retorcidas esculpidas em bronze (já foi um abajur), uma pena. E, para fazer de conta que a época é outra: cera vermelha com carimbo de brasão para selar missivas, e um ábaco para o permanente e prazeroso exercício da mente. Coisas, coisas, coisas, e as mãos brancas com algumas veias azuladas de Agenor.

O restante do escritório, excessivamente povoado de *art déco* e cheirando a guardado, permanece na penumbra. Mofo. Que Agenor ainda sente e ignora enquanto trabalha. Enquanto vive. Os milhares de livros que lotam as prateleiras estão com saúde, apesar da umidade. Lidos, acariciados.

A propriedade herdada por Lailah, esposa de Agenor, data de 1889. Seus antepassados, barões do ciclo da borracha, viveram no casarão de estilo arquitetônico português dos séculos XVII e XVIII com influência dos palácios e vilas italianas do século XVI. Sua planta em U mantém um clássico pátio aberto com um grande jardim logo à frente da entrada, bancos e uma estátua da deusa da indústria. No interior, oito quartos, uma imensa cozinha, dois andares, dois salões e um grande porão fazem da moradia, infestada de cupins, uma construção completamente diferente das outras casas do bairro.

A única modificação feita por Agenor, provavelmente com a ajuda de algum cenógrafo vanguardista, foi o quarto do filho; uma espécie de torre que se eleva majestosa no alto da construção.

Paredes gastas. Pintura desbotada. A decadência decora a vida do contador, que permanece em seu escritório trabalhando seus números.

– Alô... como vai, senhor Tadeu, melhorou?... calma, calma... senhor Tadeu, estou com muito trabalho, paciência, por favor, está tudo dentro do prazo... certo, certo... claro, o carnê do IPTU já foi pago, sim... não, não, o cálculo está correto, pode ficar tranquilo... certeza absoluta... desculpe, é o cansaço... cansaço... (fala num tom mais alto e articulado) cansaço! Tudo bem, senhor Tadeu, confie em mim... mas sou seu contador há mais de vinte anos... ah, sim, é verdade, desculpe, mas o senhor está sendo muito trágico, e não é o caso... não, não é nenhuma tragédia não... não... não... não... não... não... não... perfeito, para mim tanto faz... certo, na hora em que o senhor quiser... não, isso não é importante... por favor, senhor Tadeu, calma... claro, só acho que o senhor precisa se acalmar... eu sei, senhor Tadeu, depois de amanhã vai estar tudo resolvido... pode deixar, na quinta-feira, claro que não, o senhor vai ser operado sem nenhuma preocupação na cabeça, se Deus quiser... não tenha medo, o senhor vai viver muito tempo ainda. Conheço pessoas que vivem muito bem sem os intestinos... tenha dó, senhor Tadeu, que isso, o senhor tem a energia de um garoto de... combinado... até logo... fique tranquilo, vou rezar pelo senhor... um abraço.

O coitado está com medo de morrer. Agenor pensa na frase apenas como uma frase. Letras. Signos. Até mesmo a imagem das Moiras cortando o fio da vida do pobre infeliz do senhor

Tadeu faz, no máximo, com que Agenor pense no antigo poeta. Nada mais. Um pequeno sorriso, não de desdém, apenas muscular, faz Agenor retomar seu trabalho.

Sentado na cadeira. Curvo. O homem magro que recusa a calvície com um penteado precário. Cabelos ralos e compridos tentam desesperadamente ocupar o grande osso da cabeça quase septuagenária, conseguindo apenas a imagem da tristeza.

Pele branca. Grandes olhos azuis. Alto. Bigode cerrado e tingido de preto para acompanhar os cabelos. Ossudo. Dedos longos à moda Nosferatu. Calça de tergal, camiseta regata depois da pele e antes da camisa obrigatoriamente branca e de mangas compridas abotoadas. O primeiro botão da gola sempre aberto. Colete de lã em qualquer circunstância, em qualquer clima. Seu frio é permanente, ao contrário do apetite. Em cima da geladeira, a lata de marmelada zelosamente protegida das moscas nunca falta para agradar o fígado sobrecarregado de conhaque.

— Que bafafá! Era o senhor Tadeu?

— Quem mais, Cinira?

— Trouxe a sua bebidinha.

O anjo da guarda, o bobo da corte, o desenho de fêmea. Cinira. Empregada. Na deixa certa do destino, a mulher com sua porta do inferno e com suas coxas rijas entrou em cena; na vida do homem que desistiu do suicídio assim que ouviu a campainha do casarão perfurando o silêncio.

"Pois não."

"Me chamo Cinira. Eu sou alegre, trabalhadeira e honesta. O senhor não precisa de uma empregada? Já achou", e abriu um sorriso mais que objetivo.

Agenor tinha acabado de demitir a antiga. E, assim que radiografou Cinira com seus olhos atentos, sentiu que havia encontrado um punhado de vida simples e interessante para poder matar o tempo. Não se interessou somente pela sensualidade exuberante da mulata de íris castanhas, mas também pelo calor que emanava do seu corpo.

Era inverno, a temperatura estava perto de zero. Agenor reparou no vapor se desprendendo da fala e dos fios grossos da mulher, conferindo-lhe uma aura de semideusa. Havia sol naquela voz forte e feminina.

"Vamos entrar, está frio aqui fora. Eu estava prestes a cometer suicídio. Desisti por sua causa", e deu um sorriso não tão largo como gostaria. Mas deixou claro que poderia ser uma piada, ainda que de mau gosto.

"Então eu vou querer ganhar muito bem."

O reflexo rápido surpreendeu Agenor. Entenderam de imediato o jogo, cada um à sua maneira. Cinira trouxe consigo uma carta de referências pela qual Agenor mostrou um fingido interesse. Contou-lhe sua história de maneira resumida e prática. Família pobre. Do interior. Roça. Primeiro grau. Pai morto. Mulato. Olhos negros. Mãe doente na casa da tia. Negra. Olhos negros. No interior. Ganhar dinheiro e ajudar a mãe. Casar. Já mandara até fazer o vestido. O sonho maior: o matrimônio. Folga sagrada no final de semana para poder ir ao baile. Baile. Agenor gostou da palavra e da memória. Baile. Lailah, a sua, a colegial cobiçada por todos, a menina rica, linda e com ares aristocráticos; a primeira dança, o primeiro beijo, o sal da língua, a primeira gota de prazer manchando a cueca. O escuro, o pavor, o namoro, o noivado na mão direita, o casamento na mão esquerda, a noite de núpcias e as dores do mundo. O prazer pelo avesso, Agenor. O corpo comandando a lua e seu primeiro sangue, Lailah. A esposa do homem de cabelos tristes, a mulher que só fez confirmar o que já fazia parte da alma de Agenor, um torpor inoxidável. A morte da mulher e o alívio do contador.

Do homem que não conseguiu amar e não via razão. O viúvo. Cinira, memória, baile...

Enquanto Cinira falava, o pobre crescia em estranho encantamento. Um pouco de vida penetrava-lhe garganta adentro. Cinira era contagiante, e o ficar à vontade da mulata, aos pouquinhos, foi dominando o casarão e o dia de Agenor. Os gestos da bela eram cada vez mais largos, combinavam bem com as histórias divertidas a respeito de amigas preguiçosas, amigas que haviam feito alisamento, amigas com nádegas de tanajura, amigas sem nádegas (pensou, escolheu e falou: *nádegas*. É mais adequado do que bunda, concluiu ela).

Moacyr... seu homem, Moacyr, o leão de chácara, o de olhos negros e forte como um touro. Falou do prazer que sentia ao entrar com o Fusca caindo aos pedaços do Moacyr no lava-jato. A água esguichando, a espuma branca, os rolos peludos, a maquinaria, a sensação de segurança por estar protegida no carro. Dando risada ao lado do seu amor seco, rijo, sério.

Agenor ouve atento, e um pequeno sorriso suaviza seu permanente desejo de ausência.

— Que cara é essa, homem de Deus?

— Estava lembrando o dia em que você aterrissou aqui.

— Sei.

— Você salvou a minha vida.

— O senhor ia se matar mesmo?

— Ia. Só não me matei por causa da história do lava-jato — diz Agenor, espirituoso como os atores de filmes americanos.

— Sei.

— Você não acredita?

— Seu Agenor, eu estou "naqueles dias", sabe como é, né? Vontade de esganar todo mundo, sem paciência nenhuma... o senhor me desculpa, mas eu vou voltar pra cozinha, tem muito serviço hoje. Tá aqui o seu conhaque, ó. Até.

Agenor evita chamar Cinira de volta para o ritual costumeiro antes do horário marcado, entregando-se à matemática com seu ábaco. Números resolvem problemas sem a interferência subjetiva de alguma estúpida interpretação filosófica ou psicológica, tornando a vida fácil, produtiva, repleta de sentido. Mas o valor exato da restituição do imposto de renda, os rendimentos da poupança, as ações, a soma dos recibos e uma infinidade de contas úteis não foram suficientes para evitar que o tempo chegasse às suas quinze horas. Exatamente três horas após o almoço. Exatamente. O corpo de Agenor, sem contradizer a semelhança com vários outros corpos, parece ter um relógio interno. A temperatura de suas entranhas começa a subir. O coração antigo acelera a vida. Os olhos azuis renascem febris e avermelhados, enquanto um suor espesso de tanto sal revela seu desejo.

Quinze horas. O ritual.

Cinira já está pronta. Surge como que materializada pelo ectoplasma de Agenor, parece vinda do além. Pura, negra, ereta, com os braços abertos como se crucificada estivesse e totalmente nua.

Um silêncio com perfume de mulher potencializa a imagem mundana do sangue escorrendo grosso e quente entre as coxas grossas de Cinira. Agenor fecha o olhar azul e fareja o ar do escritório feito um cão à procura de um cio. No olhar disposto de Cinira veem-se os números de uma remuneração extra e uma certa piedade. No olhar afiado de Agenor, o desespero, o sorriso e a fome.

Quinze horas. *Art déco.* Janelas e cortinas fechadas. Escuro. O velho, a negra, o ritual. Sons de animais, humanos por profana magia, denunciam beijos e mordidas. As pancadas que a empregada recebe nas ancas, enquanto é dominada feito uma cadela, abençoam algum baixo mundo. O urro de gozo sempre demora a chegar. O urro. O casarão ensurdece. Dois preservativos pelo chão, como de costume. Ela faz questão da troca. A cara e os cabelos de Cinira, molhados, pegajosos, anunciam uma pausa breve. O casarão ensurdece.

A vida estabelece um pequeno intervalo para que os contrarregras divinos tenham tempo de organizar o cenário.

Roldanas e cordas grossas levantam o sol.

O dia seguinte nasce com a memória recente sendo projetada no sonho de Cinira. Uma grande lâmpada invadia-lhe o sexo, fazendo com que fortes fachos de luz fossem projetados através de todas as suas entradas. Deitada, a mulata flutuava no ar em um gigantesco colchão de serpentes, enquanto um trem penetrava vigoroso pela sua boca, transformando suas tripas em trilhos e suas moradas internas em túneis. A dor intensa que sentia em todos os buracos profanados, aliada ao barulho ensurdecedor do grande monstro de ferro, fazia sua temperatura aproximá-la do décimo círculo do inferno. Um coro grego uivava, patético. Cinira acorda de sobressalto, suada, com muitos corações na garganta. A febre é apenas um carinho.

É apenas um carinho o facho da mesma luz que incomoda o olho de Agenor e o tira dos braços de Morpheus. Nenhum bocejo, nenhum espreguiçar. Seus ossos monocórdios programados para a vida já estão prontos. O som imaginário do terceiro sinal avisa ao homem que aquele tipo de sonhar dará lugar a outro cheio de odores, línguas, ouvidos, carnes, papéis, comida e cálculos.

Primeiras horas da manhã. Primeiras marcas automáticas. Primeiros trajetos. Banheiro. O sagrado resultado da digestão.

A dentadura escovada. O sexo que ainda reivindica vida. Manchas de sangue de ontem. As mãos, secretamente criminosas, bem lavadas. O banho sempre frio pelo vício de uma saúde inabalável. As mãos novamente bem lavadas, outro vício, outra repetição. A simples conferência de algum ser vivente no espelho. A toalha derrotando a água. A roupa de nenhuma novidade escondendo o corpo. E mais um trajeto, o caminho para o quarto do filho. O esconderijo do mundo. A torre. Eterno ventre do filho.

Uma grande escada feita de madeira nobre eleva Agenor, todos os sagrados dias, todas as sagradas manhãs, à condição de pai. No final da escada, a maciça porta de madeira, igualmente nobre, guarda o segredo do homem que não sabe ser triste. Guarda o filho das dores, dos prazeres, do movimento da vida. Pelas espessas paredes do quarto à prova de som, nenhum ruído entra ou sai do Éden projetado pelo pai. No útero de alvenaria, há somente paz, segurança e alguma biologia. Um imenso teto de vidro permite a visão do dia e da noite. O filho conhece estrelas, planetas, nuvens, aviões, estrelas cadentes, pássaros, balões, pipas... Coisas do céu. Somente tarde da noite, com a promessa de absoluto silêncio feita ao pai, o teto se abre por alguns segundos para permitir a entrada de um ar novo. O menino então sorri para o alto, fazendo o rosto parecer uma oferenda. Quando algum vento ou brisa toca a brancura impossível do filho, uma espécie de dança frenética e descoordenada – mais parecida com um gigantesco arrepio – toma conta do espaço. O menino chega a tapar a boca para que as gargalhadas não saiam pecaminosas pelos seus lábios finos e róseos. Pele e osso. É a imagem exata dos meninos desnutridos à beira da morte. A transparência da pele é algo espetacular. As veias azuladas, assustadoramente aparentes, formam com seus grandes olhos esbugalhados, azulados também, um ser abissal. Peixe disforme. Animal gelatinoso que mal se sustenta em pé e de fragilidade que lhe permite pouquíssimo movimento.

A leitura é seu único e obsessivo passatempo e a escrita, talvez uma forma de investigação involuntária. Traduz sonhos, aprendizados, filosofias, figuras celestes e as palavras de seu pai, com imagens, ora de uma simplicidade infantil, ora de uma sofisticação aparentemente implausível para alguém que vive isolado, desde o nascimento, de um mundo sem a menor importância – segundo o pai. Sua respiração mais parece uma súplica, contudo, o sorriso, o sentimento e o raciocínio são de uma vivacidade monumental.

Um amor absoluto toma conta do olhar do menino cada vez que a figura de Agenor abre a porta vagarosamente para evitar o susto. Aparece tal qual uma entidade. O pai, única referência, ensinou-lhe absolutamente tudo.

Um abraço feito de pai e filho sugere algum amor reconhecível. Um abraço. Pai. Filho. Segurando o filho pelos ombros, o pai olha longamente para o menino sem dizer uma só palavra. Dois sorrisos plenos de relaxamento e ternura invadem-se e dão início a um novo dia.

– Acabei de escrever sobre a mulher que veio me visitar hoje de noite. Quer ler?

– Prefiro que você me conte, depois eu leio.

Agenor ouve, atento, a invenção do filho, para que o mundo possa cutucar-lhe as costas, como quem diz: veja, estou aqui. A vida acontece inteira e suave quando ele compartilha com o filho o que parece ser um ensaio de amor. O tempo inventa um cheiro de alfazema.

O menino descreve a mulher como alguma coisa parecida com areia. Um ser que, a princípio, tem uma consistência semelhante ao barro, mas que, à medida que as horas tomam direções não muito precisas, começa a secar. Ao toque curioso do infante, a escultura, para ele mulher, desmancha-se e deixa na visão um desenho doído parecido com saudade. Pretos e lisos, os cabelos que alcançam o baixo ventre abençoam o instinto muitas vezes revelado. No lugar dos seios nunca vistos, uma luminosidade de estrela. A mesma luz, frenética em seu risco branco, ocupa, como uma estrela cadente, o sexo imaginado e perturbador. O ventre é oceano. Coxas, alimento. Pele marrom, mãos de chocolate. O gosto de chocolate nas mãos faz com que a carícia sonhada deixe cinco rastros escuros e doces pelo rosto do menino antes que a mulher seque e suma no vento.

Conhece a palavra, mas não o corpo. Mulher. Construída com materiais indestrutíveis, ela vaga pelo seu pensamento e é motivo de muitas perguntas.

– O senhor não consegue ver no meu rosto o que eu escrevi no papel...

– Consigo, sim.

– Foi um sonho bom?

– Foi um sonho bom.

Após a narrativa, Agenor lê o poema que o filho fez para a mulher sonhada e, mais uma vez, escolhe não sentir. Mas não consegue evitar a lembrança... Lailah, a mãe de seu filho, mulher de sombras e olhares baixos, amante abissal, enamorada do escuro. Amava a arte iquebana, não se cansava de fazer belos arranjos com orquídeas e de espalhar o resultado do seu artesanato pelos jardins do casarão. O imenso closet vivia abarrotado de uma verdadeira fortuna em vestidos das mais nobres *maisons* francesas. Nutria verdadeira paixão pela literatura do Conde de Lautréamont. Era magra, alta, e tinha um rosto anguloso que harmonizava muito bem com seu nariz levemente adunco e charmoso. Portadora de uma beleza exótica, magnética. Muitas vezes, lembrava as pinturas de Modigliani.

O casal tinha em comum, além do tormento da carne, um sólido desprezo pela vida, acompanhado por um ódio mudo que parecia denunciar o abuso da morte. Talvez uma pergunta secreta e nunca revelada vagasse pelas almas sombrias do casal. A busca de um sentido, de um fato estrondoso e belo terminava sempre no leito aquecido pelo poder da paixão. E lá, misturados à tortura, ao prazer e ao gozo, fabricavam o mundo e um fugaz sorriso.

A adoração por crianças em estado de doença terminal lembrava ao casal que o texto trágico a ser decorado delimitava a violência e fazia da crueldade algo risível. Garimpavam os recém-nascidos em comunidades carentes. Compravam os anjos, falsificavam documentos. Por vezes, nem os documentos se faziam necessários. Eram capazes de viajar para lugares longínquos do país para terem o prazer de cuidar de outra vida por um curto período. Intermediários os avisavam quando um pequeno moribundo acabava de visitar o mundo, ou fazia parte dele por um breve acordo com o tempo. Crianças com até um ano; dois, em raríssimos casos, eram bem-vindas.

O dinheiro era ganho, gasto, e tudo se tornava normal, o mundo era engraçado, menos o nascimento do próprio filho que, por descuido, incongruências e medo, foi gerado e parido. A truculência ficava por conta do tempo, que cumpria seu papel enquanto o casal cuidava para que a vida não fosse embora com muita pressa. Dedicavam aos pequenos o que havia de melhor em medicina e cuidados. Lailah, além de possuir uma pródiga inteligência nata, era médica por formação e, apesar de nunca ter exercido a profissão, acompanhava com extremo interesse todos os avanços da medicina.

Era comum o choro e alguma coisa que lembrava sofrimento na hora da morte; chegavam a pensar que o amor era matéria possível. Lailah experimentava um certo alento quando algum sintoma era momentaneamente superado ou quando a criança adormecia com um sorriso nos lábios ao ser ninada.

Agenor, por algumas vezes, flagrou um autêntico olhar materno da esposa ao vê-la com um pequeno adormecido no colo. Mas a mecânica da vida do casal logo transformava tudo em ausência, em pensamento, em cena a ser feita como um ato final inexplicável. Sem tragédia ou comicidade. Vida apenas. A escolhida por eles. O exagero e o desespero na grande maioria do tempo, totalmente inconscientes, se diluíam com muita facilidade; bastava um anúncio, um berro, um ruído, um comercial, um beijo, uma buzina... A distância era possível identificar o carinho e o cuidado. Um coloridíssimo carrinho de bebê podia ser avistado, cada vez em uma paragem diferente, sendo empurrado pelo belo casal. Pombos não desconfiavam. Dentro da pequena carruagem passeava o fim do futuro, o desacato a Deus. O vendedor de picolé não desconfiava.

Olhavam um para o outro enquanto empurravam o carrinho e sorriam com estereotipada candura. Mulheres com bundas enormes e estudantes bêbados não desconfiavam. O casal parava, ministrava os medicamentos, dava papinha, fazia carinho. Agenor levantava o rebento, esticava os braços e, num gesto clássico, oferecia o pequeno ao sol. O astro rei, por ser astro e ser rei, desconfiava. Não tinham amigos, não tinham parentes. Eram extremamente educados com os poucos vizinhos, mas mantinham uma distância mais do que segura para poderem guardar seus obscuros segredos. Entravam e saíam de casa com os bebês sem que ninguém pudesse vê-los. Passeavam com os pequenos sempre em lugares diferentes. Paisagens e pessoas novas espantavam o tédio e o medo do flagrante. O mundo seguia em paz.

O mau gosto da narrativa revelaria que os bebês, após a morte, eram emparedados pelas mãos do próprio casal no suntuoso casarão, mas um certo pudor, uma vergonha injustificável por parte do *gauche* escriba impedia que o fato fosse esclarecido. Os pequenos sumiam para inaugurarem nuvens novas no céu, mesmo que a poesia, por causa de tão medonha e pobre imagem, se sentisse enojada.

Lailah escondeu a gravidez do marido enquanto pôde. Queria ver a morte abençoando seu próprio sangue, queria ser surpreendida pela reação de Deus, queria falar com Ele, perguntar-Lhe coisas, reivindicar a imortalidade, os sabores, um cartão de crédito sem limite, a beleza... queria xingá-Lo por tanto desaforo. Queria um castelo na França, o maior diamante do mundo. Queria descobrir por que tanto ódio de si mesma.

Agenor soube da gravidez, e os músculos da face recusaram a vida. Um resquício de humanidade impediu-o de matar a esposa na hora da revelação. Chegou a sentir um certo carinho pelo tempo, pelo futuro, mas como o texto entregue estava recheado de humor negro, lixo, neuroses lunares, incongruências e superficialidades, o caminho era planejar. "*Quando nascer, damos um jeito nisso*", aprumou-se e disse a frase para a esposa com doçura, deu-lhe um beijo na testa, trancou-se no banheiro e, como seria próprio de um personagem desse quilate, vomitou na privada, na pia, no chão, nos azulejos, até quase desfalecer.

Um cenógrafo, talvez proveniente das trevas, cobriu as paredes do quarto do casal com uma bela e gigantesca coleção de borboletas muito bem conservadas, conferindo-lhe um aspecto óbvio e inconfundível.

Gargalhadas incontidas escapavam de alguma coxia, permitindo que o texto fosse ouvido, mesmo que sussurrado.

– Foi um sonho bom, pai?

– Foi um sonho bom, meu filho.

Moacyr e Cinira se divertem no lava-jato, são só alegria e hormônios. Músculos, coxas e línguas aquecem o mundo dentro do Fusca 69, enquanto os gigantescos rolos peludos esfregam o carro já todo coberto de espuma branca. Esguichos de água atiçam ainda mais os amantes completamente protegidos pelos vidros escuros do possante. A música a todo volume encobre as *vem cá, minha puta*, as *soca, sua vadia*, os *meu cachorro no cio*, e toda a obra poética proferida aos berros pelo leão de chácara e pela doméstica. O sol goza. O poder primitivo e simples do casal transforma o texto em verdade picaresca. O espetáculo muda de tom. O sol goza. De novo. Moacyr veste a calça. Cinira levanta a calcinha. O funk poderoso volta a um volume normal. O gigantesco maquinário do lava-jato é desligado, dando uma impressão de exaustão.

O mundo está deliciosamente cansado. O casal sorri, cúmplice, e um beijo quase mecânico põe fim à cena.

Do lado de fora é possível ver apenas um Fusca preto, com vidros pretos. Parado. Inerte. Todo fodido, mas limpo.

O vidro do carro vai descendo lentamente e, aos poucos, o rosto quadrado de Moacyr aparece vitorioso. O sol, mais feliz do que nunca, entra no veículo e permite a visão mais clara do dinheiro. Aldayr, funcionário do posto e irmão de Moacyr, recebe um extra para fazer vista grossa. *Até a próxima, mano. Até a próxima, Dadá.* O Fusca arranca, poderoso, e o sorriso de Aldayr abençoa uma inveja inofensiva.

— E o velho, preta, continua maluco?

— Pra dedéu.

— Pensou naquilo que eu te falei?

— Deixa de babaquice.

— A gente pode ganhar uma grana alta, minha preta.

— Mas eu não posso nem chegar perto daquele quarto, Moacyr.

— A gente dá um jeito, minha preta, a gente dá um jeito. Vamos pensar juntos, que tal? Cabeça não é só pra separar as *orelha*! Vamos pensar juntos.

O carro e o plano dos amantes vão sumindo no horizonte enquanto as luzes fabricadas de todos os refletores obedecem à ordem da noite.

— Me ligando para informar que não morreu, que bom, fico feliz, senhor Tadeu... não é à toa que sua senhora está animada, nem todo mundo pode comprar uma cadeira de rodas motorizada... maravilha... que bom... isso é ótimo, nem sempre a quimioterapia provoca queda de cabelos... não diga?! Mas que notícia maravilhosa... no mês que vem? Sensacional... pois é, senhor Tadeu, sobre a sua documentação... como? Que pena, mas ele já estava muito velho, não é?, na verdade, ele viveu tempo demais para um cachorro... pois é, mas voltando ao assunto, a sua documentação... alô? Alô? Alô?

Caiu. Agenor fica segurando o telefone antigo e preto, permitindo que seu olhar azul e quase triste vague, vazio, pelo cenário do escritório. Fica assim por um tempo inaceitável. Catatônico, inexplicável. Um homem. Parado. Como se estivesse congelado. O telefone na mão, no ar, fora do gancho. Em absoluto silêncio. Pode-se ouvir o barulho ruidoso dos cupins comendo a madeira. Um homem parado com um telefone na mão e sem motivo algum que justifique aquela pausa pinteriana. O próprio Harold já teria abandonado o teatro há muito tempo se um leve sorriso não tivesse trazido um novo movimento à cena, seguido ou precedido por uma lembrança.

A memória... o gavião morto no quarto do filho... o olhar do menino... o silêncio... o inocente diante da aparente falta de movimento... uma coisa voante... naco de vida próxima e sem adjetivos... *bonito, rápido, sério, alegre, vigoroso, esperto...*

palavras inventadas pelos que moram fora do ventre de concreto... longe da comunhão, o adjetivo afasta sem querer um sofrimento mais sólido e a beleza inominável ainda não inventada... o gavião existe nas tripas do menino, fora do mundo... pássaro morto, caído após o choque contra a parede. Vindo da noite em improvável passeio, o voador, que deveria estar dormindo, mudou o ritmo da sua existência ao encontrar pela frente o mundo encantado da alvenaria.

Asas e bico abertos. O tremor de uma vida diferente cessou. Penas espalhadas pelo chão. Garras em plena raiva agarraram uma presa invisível e debochada. O menino não compreendeu a ave repleta de morte, da palavra mentirosa e impregnada de medo. *Morte*. Ele não voa mais. Primeira vez que o conceito se concretizou bem à sua frente, fazendo com que leves toques no corpo inanimado investigassem o inédito desenho da vida. Não existe dramaturgia para a lágrima, apenas para algum espanto.

Com a ponta dos dedos, sentiu a temperatura ainda quente do bicho, e identificou a história dos homens e do mundo. Sua vontade poética lembrou, com muito querer, as primeiras águas dentro do ventre materno. Reminiscência cálida, de enorme paz e inexplicável. A mãe grávida que passeava pela praça e ostentava a barriga do mundo para o sol. A temperatura ainda quente. O gavião inerte, acariciado pelo menino, provocou o sorriso da noite.

Agenor recoloca o fone no gancho. Em memória entra no quarto do filho e, no seu pensamento sem cor, encontra o menino e o gavião morto.

"Está quente ainda, pai."

"Ainda?"

"É. Ele ainda deve estar feliz."

"Como é que você sabe, meu filho?"

"Eu sei. Quando a tristeza chegar, ele esfria."

O processo da morte havia sido desvendado. Agenor falou coisas sobre o ciclo da vida, falou coisas da natureza. Coisas. Deu até uma pequena aula sobre aves de rapina que matam para saciar o chamado primitivo da fome. A leitura do inocente era milimetricamente vigiada, seus livros, escolhidos, seu pensamento, direcionado. Agenor levou consigo a ave, e o menino permaneceu olhando, ora para a noite, ora para o próprio sexo que, pela primeira vez, ordenava ao resto do corpo uma resposta para um inédito desejo. O menino começou a sentir os batimentos acelerarem, a pele ficando rubra, a temperatura subindo. A excitação fez com que tivesse um início de namoro com a escuridão, e, a partir daquele instante, uma inexplicável sensação começou a atormentar cada centímetro de corpo do homem que era filho, que era menino, que era resultado da noite. Sua pele oferecia aos súcubos do escuro o emaranhado dos nervos. As feições fortes do gavião atearam fogo aos sonhos, enquanto o escuro do céu, riscado de branco, era violado por estrelas cadentes.

A música justifica as coxas, o suor, a pegada. Moacyr, Cinira, Aldayr e Anayr deixam seus ossos em deliciosa desordem enquanto dançam ao som da zabumba, dos pífanos, do triângulo e da sanfona. Jurandyr não consegue sair do seu Norte. Arandyr está com bursite. Joelmyr está pescando no pantanal com sua turma de bêbados. Vantuyr, o chaveiro, não se dá com a irmã, e como Cleonyr, vulgo "capiroto", tem mais oito anos de prisão pela frente, logo vê-se que será impossível reunir toda a família dos olhos negros.

No aniversário de Anayr, a irmã mais nova do amado de Cinira, apenas Cleto, o noivo, o quieto, o tímido, o acabrunhado, o lúgubre, o fora de prumo, o atormentado, permanece sentado à mesa enquanto todos que lotam o Salão Nordestino transformam a vida numa festa regada a álcool e saliva. Cleto não é um mau sujeito, apenas não guarda interesse por nenhum tipo de alegria, e, para aumentar sua bizarrice, apesar da noite, aquele lugar ensolarado abriga o que parece ser uma raça vinda de um planeta onde só existe o prazer do beijo.

— Por que minha irmã não manda esse babaca do *Creto* ir passear? Olha só, Cinira, como é que pode? A Anayr adora uma bagunça. O bestalhão podia tá dançando aqui com a gente, mas não, fica lá sentado, boquejando. Por que ela não manda ele pro inferno, meu Deus?

— Deixa ela, Moacyr, sua irmã é bem *safa*, já é bem grandinha.

– Até a doença que ele tem é esquisita. Como é que pode uma pessoa dormir assim, sem mais nem menos, de repente? Daqui a pouco, você vai ver só, o merda dorme na mesa mesmo.

– Eles se entendem, Moacyr.

– Olha lá, o porcão acabou com todo o queijo de coalho. Olha lá o porcão.

– Sossega, homem de Deus.

Nessa noite, só duas coisas tomam conta do miolo de Moacyr: Cleto, que, para ele, nasceu com a única missão de irritá-lo, e, mais urgente e importante, o plano para arrancar uma grana preta do patrão de Cinira. Moacyr há muito desconfia do tal quarto que permanece trancado a sete chaves. O velho tem um segredo, está na cara. Documentos, joias, dólares, ouro, drogas? Desde que o leão de chácara tomou conhecimento do cômodo secreto, Cinira não teve mais sossego.

– Não tô dizendo pra você já ir enfiando a mão, minha preta. Primeiro entra lá e dá uma boa olhada. Procura… sei lá… alguma coisa de valor ou que entregue o velho. A gente dá um jeito de levar o Vantuyr pra fazer uma chave, vai dar tudo certo. Vai por mim, minha preta. O velho tem grana pra dedéu por causa do seguro que ele ganhou com a morte da patroa dele; tem a herança que ela deixou também, família rica, coisa e tal… Então, nem trabalhar ele precisa, trabalha só pra passar o tempo. A gente não vai depenar ele, não, *qué* que há, eu lá sou um monstro? Sou, minha preta? Então…

Tudo foi dito enquanto dançam colados e constantemente atropelados por outros casais e suas histórias secretas. A noite promete um desfecho positivo para o desejo de Moacyr; Cinira haverá de, finalmente, concordar com o plano, senão, teme ela, o casamento tão desesperadamente aguardado ficará para sempre na esfera da vontade e nunca mais sairá de lá (algum dramaturgo dá mostras visíveis de embriaguez). É um ultimato:

ou dá ou desce! *Zéfini!* Encheu! Entendeu ou quer que eu desenhe?!

Cinira já sabe em que igreja irá se casar, Nossa Senhora Desatadora dos Nós, e conhece cada centímetro do lugar. Sessenta e dois passos até o altar. Visita o templo todos os domingos, não só para assistir à missa, mas, principalmente, para poder sonhar com o sagrado momento do enlace e do beijo. Ah, sim, claro, para ouvir as palavras do padre José, que, mesmo carregando a suspeita de sustentar três famílias e uma dúzia de filhos, celebrará seu doce himeneu.

Os convites do casamento, cuidadosamente desenhados pela própria noiva e impressos a um custo bem acima de suas reais possibilidades, estão escondidíssimos. A data será preenchida à mão, e, muito em breve, em seus sonhos.

Passa e repassa mentalmente a trilha sonora do espetáculo. Entrará na igreja acompanhada pela música *Prelúdio pra ninar gente grande,* de Luiz Vieira; afinal, Moacyr é o seu "menino passarinho com vontade de voar". E, para agradar ao guloso consorte, Dona Veva, a quituteira surda-muda, fará o bolo, o jantar e os bem-casados. O principal "fetiche" de Moacyr terá destaque especial à mesa dos salgados: um abacaxi espetado por palitos de dentes carregados por uma azeitona recheada com pimentão vermelho, uma rodela de salsicha e um ovinho de codorna. Mesmo com a plena consciência do absoluto mau gosto, a piada fala mais alto.

Mas o motivo maior que move sua obsessão pelo casamento é o vestido. Delira mais com o vestido do que com o próprio noivo. Ele, o amado, o desejado, o branco, o sagrado, já estava pronto muito antes de conhecer o seu amado, e era guardado como uma peça rara de museu. Cauda, véu, costa reta, alguns detalhes bordados e colo à mostra, pois a mulata tem belos seios e um colo limpo, escultural. O vestido é de estilo tradicional, com cauda removível para facilitar o corpo na hora da festa. Não é incomum Cinira desfilando pelo casarão enquanto Agenor se ausenta para fazer alguma coisa na rua. E foi numa dessas ocasiões, e uma única vez, que o quase triste dono da casa flagrou a bela mulata contrita, andando a passos lentos, atravessando toda a extensão da sala como se estivesse indo em direção ao altar. Quando viu Agenor, parado, olhando para ela com olhos caninos, chegou a sentir um vento gelado cuspindo em sua nuca. A excitação do homem aumentava-lhe o corpo. Cinira notou, dentro do silêncio que matou o mundo, a rigidez que estava prestes a devorá-la. Foi tirando o branco com todo o cuidado, enquanto lágrimas, poucas e raivosas, explicavam o desrespeito ao sonho. O vestido vazio, repousando na poltrona, assistiria, impotente, ao espetáculo viril e violento que Agenor, apesar da idade, impunha à empregada. Eram exatamente quinze horas, e a mulher, construindo seu matrimônio, esquecera completamente o ritual quase diário.

Agenor e Cinira atormentavam suas carnes. Ela tentava repelir o gozo, mas ele quase sempre chegava como o avesso da visita de um anjo.

Ganhava o orgasmo e um extra para garantir que o dia do sim causasse inveja até a gente rica.

Sem cuidado e sem carinho, o prazer nascia pleno e envergonhado.

O vestido branco havia sido profanado. A gota d'água!

– Feito, Moacyr, não aguento mais trabalhar naquela casa. Seja o que Deus quiser. – Um beijo sela o pacto. Moacyr e Cinira voltam à mesa e tentam acordar Cleto, que não está dormindo, mas simplesmente morto. Anayr não casará mais, pelo menos não com um defunto. O dramaturgo não dá a menor importância para o que aconteceu em seguida com o desencarnado.

Noite. Silêncio. Casarão.

Cupins dormem?

Agenor, sentado na poltrona da sala, tenta a vida.

Cálculos, sexo e visita ao filho deixaram-no, mais uma vez, extenuado.

Talvez busque alguma outra coisa dentro do seu mutismo sonoro e gestual. Permanece sentado. Quieto. Respira. Observa. É possível que faça força para sonhar. Vez ou outra, olha vagarosamente à volta, fabricando um horizonte impossível. Nada a fazer. Luzes em penumbra. Pode colocar uma ópera, ligar o televisor (repetindo: televisor), telefonar para o senhor Tadeu, bebericar um conhaque, comer um naco de marmelada, pedir uma pizza... mas não, nada a fazer. Uma nouvelle vague de muito má qualidade denuncia a falta de inventividade do escriba. Pizza?! Epílogo, intermezzo, fim, cortinas... nada. Nada a fazer, senão a imagem de Lailah morta, que, sem motivo aparente, foi esculpida a maçarico e pedaços de ferro retorcidos na memória transbordante de Agenor. A imagem apresenta sempre os mesmos traços assombrosos e tristes. Uma poça de sangue agiganta a cabeça despedaçada da esposa, enquanto Agenor, lívido por obrigação biológica, se recusa ao choro. A memória do homem é prodigiosa a ponto de não só rememorar os fatos, mas também vir carregada da mesma emoção, como se tudo estivesse acontecendo no exato momento da lembrança. O corpo inteiro revive o acontecido, repetindo a mesma taquicardia, o mesmo suor frio, os mesmos tremores.

Raras são as memórias pueris ou alegres. Como nos bons castigos cristãos, o homem era obrigado a reviver o horror e a sombra.

Lailah, morta com um tiro de doze na cabeça, aceito como acidental, jaz inerte no pensamento torturado de Agenor. O tribunal acatou as provas, os argumentos e os fatos, inventados ou não. Agenor quis desesperadamente a morte da mulher assim que pariu o filho, resultado apenas do descuido.

Começou a planejar desde as coisas mais terríveis ao mais simples envenenamento, mas o fato é que o homem jamais teve coragem de cometer o desejado assassinato. A defesa pela inocência foi tão veemente no tribunal que o próprio autor do disparo afogou-se na dúvida: acidente ou homicídio? Acidente, decidiram os jurados e o juiz. Acidente. A arma servia de defesa para a casa, era devidamente registrada, e o documento de porte estava dentro da lei. O viúvo não tinha antecedentes, e a mania por limpeza justificava a fatalidade. Não era a primeira vez que Agenor lubrificava a espingarda na frente da mulher.

A arma, após o disparo, estava totalmente limpa. Quando a polícia chegou a casa, Agenor seguia limpando seu mundo e sua doze com a calma típica dos anjos, enquanto o sangue de Lailah se alastrava pelo chão da cozinha como um monstro sinistro, imparável, vindo de outro planeta. O advogado convenceu a todos que o estado de choque comandou-lhe os gestos e a alma, e no tribunal chorou copiosamente em quase todo o discurso do bacharel. E o testemunho do provável assassino, falando sobre seu infinito amor pela esposa, complementado pelo depoimento do senhor Tadeu, seu mais fiel cliente, terminou por convencer a maioria do júri de sua mais clara inocência.

Somente para acentuar o tom folhetinesco, o filho recluso nasceu na mesma cozinha onde sua mãe teve os miolos esparramados pelo chão. Nasceu às pressas, sendo parido pelo médico da família, o doutor Alencar, especialista em medicina interna, que poucos anos depois foi perdendo completamente o juízo, até ser encontrado com um tiro no peito, em frente a um parque de diversões chinfrim. O fato de ter sido encontrado com o rosto lambuzado de algodão doce não alterou em nada a história do universo, nem mesmo a história da cidade, do bairro, da rua, ou daquele fragmento de tempo.

O pequeno foi cuidado por uma babá de referências cuidadosamente investigadas, também sem parentes ou amigos. Alguns personagens solitários daquele pedaço de mundo eram atraídos como ímã para o casarão, com exceção de Cinira – tudo para justificar o inventado acaso.

Assim que o pequenino começou a crescer, a um ponto que Agenor percebeu que poderia cuidar dele sozinho, dona Viviana, a babá, passou a fazer parte da galeria dos personagens do realismo fantástico. Simplesmente sumiu sem deixar rastro. As possibilidades de ter sido emparedada viva no casarão são grandes, mas o dramaturgo nunca se interessou em desvendar o fato, o emblema, a mágica ou a picardia. Dona Viviana sumiu, ninguém se interessou, e a vida, com toda a sua beleza, seguiu seu rumo.

Noite. Silêncio. Casarão.

Cupins sonham?

O telefone toca. E, nesse momento, logo após um susto ressuscitador, a voz do senhor Tadeu aparece como um bálsamo. Os batimentos retornam ao seu devido lugar e a lembrança da esposa morta... para o escuro. Depois do alô, Agenor, que é só ouvidos, demora um pouco para saber do que se trata o telefonema, pois, nos primeiros momentos, consegue apenas se tranquilizar com o som da voz do interlocutor, sem se ater propriamente ao assunto abordado.

Não há como prestar atenção a nada do que é dito, consegue apenas sorrir aliviado com o fim da lembrança macabra. Solta um parabéns no meio do discurso, sem a menor firmeza. "Parabéns... por que mesmo?", pensa em seguida o contador. "Parabéns, por quê?! Você enlouqueceu, homem de Deus?!", brada o senhor Tadeu do outro lado da linha. "Estou dizendo que minha mulher acabou de falecer! Onde é que você está com a cabeça? Você não ouviu nada do que eu disse. Contei em detalhes tudo o que aconteceu até o momento da passagem, e aposto que você não ouviu nada." Agenor pede mil desculpas e inventa um problema grave que está acontecendo com ele, até que o pobre Tadeu se acalme. "Afora que a ligação está péssima. Deve ter sido a tempestade. Amanhã vem aqui o rapaz da companhia", inventa. Consegue. É obrigado a ouvir pacientemente a explicação de todo o processo pós-morte, o caminho para o mundo espiritual pelo qual a finada esposa passaria até chegar à cidade espiritual de *Nosso Lar*, que não era o fim, mas um estágio mais elevado. E é só na hora que o senhor Tadeu começa a falar do umbral, que Agenor se dá conta de como a esposa do pobre morreu. A coitada estava há dias com o intestino preso, as fezes ressecadas, e, naquela ida ao banheiro, a força empregada para expulsar o presente foi tanta que rebentou-lhe um nó nas tripas e fez com que a velha fizesse uma hemorragia avassaladora. Antes que a gargalhada surgisse magistral e incontrolável, Agenor desliga o telefone e explode de rir. A vida sempre é justa com ele. Explode. Cinira aparece na sala, já de camisola, assustada com o ataque de riso do patrão, que não consegue parar de repetir: "Ela morreu cagando!" "Quem morreu cagando, seu Agenor? Parece doido!" "Ela morreu cagando!", repete, se escangalhando de rir. "Ela morreu cagando!" "Para com isso, seu Agenor, vai dormir, já é tarde. Coisa feia! O senhor bebeu?"

Cinira coloca o patrão na cama como quem cuida de uma criança travessa, repreende-o levemente por estar rindo da desgraça alheia e aconselha-o a rezar uma Ave-Maria. E, nesse ponto, a vida, a escrita e algum desejo inexplicável fazem com que Agenor se ajoelhe aos pés da cama e peça à empregada que lhe rememore a tal reza. A cena que vem a seguir lembra que a vida, além de ser cheia de surpresas, é de uma obviedade avassaladora — eles, simplesmente, se põem a orar, lado a lado, como dois seminaristas. A vida sempre é justa com o velho Agenor.

018

– Então, minha preta, quando é que a gente manda o Vantuyr lá pra fazer a chave?

O casal acabou de sair do sexo no lava-jato. Para saciar a fome, os dois comem, cada um, um pastel *completo* na feira próxima ao posto. Carne moída, queijo, presunto, salame, azeitona, ovo cozido, cebola, milho, ervilha e tomate picado – tem o tamanho poderoso de dois pastéis, o vulgo tudão.

– O Aldayr sabia que a gente tava sem grana, ele podia ter aliviado. Eu ainda tô com fome, Moacyr, um pastelzinho só não dá nem pro cheiro.

– Você não ouviu o que eu falei, porra?! Não me enrola, quando é que a gente manda o Vantuyr lá?

– Às vezes, eu fico com pena do velho, Moacyr. Você acredita que outro dia o doido me pediu para ensinar ele a rezar uma Ave-Maria?! Fingiu que tinha esquecido.

– E daí?

– Daí que ele rezou, Moacyr.

– E daí?!

– Deixa pra lá… pode falar com o Vantuyr.

Moacyr dá um beijo cinematográfico em Cinira. Souza, um crioulo de cento e vinte quilos, dono da banca de pastel, não tem outra alternativa a não ser imitar o filme da sessão da tarde que ele viu no dia anterior: aplaude. Todas as pessoas que estão na feira, como que por encanto, viram atores americanos, que, mesmo ruins, costumam ser bons. Aplaudem também. É o amor que toma conta da feira. Os sabores do pastel de tudo passeiam alegremente pelo mundo enquanto os dois amantes brindam com copos de plástico, cheios de caldo de cana, a um futuro próximo, rico e feliz. A garapa é quase benta, tamanha é a pureza daquela pequena maldade.

09

Depois do voo sonhado, o filho de Agenor olha para o leite que escorre entre seus dedos e fecha o olhar por absoluta exaustão. Na semiescuridão, sente o líquido viscoso perdendo calor na palma da mão, e a pele revive o caminho da ave de rapina. Alguma coisa começa a pousar, talvez seus ossos, suas vértebras, seu sorriso. O esperma está completamente frio. Olha o fluido que estava dentro dele, e um sorriso involuntário denuncia a vida. Compreende o que é corpo sem saber, compreende o que estava quente e agora está frio – como o gavião. Acha graça da segunda morte presenciada e não sofre por sabedoria.

As imagens do gavião, do céu e da mulher sonhada ainda pairam, agora suaves, sobre os ossos do homem que, pela primeira vez, experimenta seu sexo.

O sonho chega para o menino deitado, que dorme sorrindo. A mão espalmada, ainda úmida, pende para fora da cama em um estado de relaxamento inédito. Tudo é leveza. O menino ganhou o vermelho na face, parece mais forte. Feliz. Entre a vigília e a invenção, ele olha para a abóbada celeste. Não sabe mais se dorme.

… Um avião atormenta o céu, picha o azul com dois riscos brancos sem nenhuma mensagem… pombos voam acostumados com o veneno da fumaça dos carros e das chaminés… pássaros fortes, vulgares… procriam em qualquer canto… vitoriosos vira-latas… voam e cagam pelos ares… trepam, roubam comida… sobrevivem no nojo, no lixo, nos buracos… pássaros fortes… volta e meia entram na turbina de um avião e morrem… e continuam… e cagam pelos ares… não é incomum ouvir um pombo gargalhando… talvez sejam os únicos animais que riem dos homens e cagam em suas cabeças… e chamam suas fêmeas e procriam e voam e se embriagam de tudo… tudo…

– O que é isso?!

O espanto na voz de Agenor explode com a visão do menino. O filho acorda com mil tambores na garganta, tamanho susto que acaba de levar. Encara o olhar do pai e julga perceber o pavor, a indignação, a decepção e o ódio daquele que lhe ensinou todas as coisas da vida.

O filho está completamente nu, e o sorriso em seu rosto explica a palma da mão maculada de desejo. O pai sabia que, apesar de toda a vigilância, o corpo do inocente não tardaria a dar o recado dos mares, do fogo, da terra e do ar. O filho descobriu o sorriso do tempo e a continuidade, o prolongamento da alma.

Depois de se recuperar do susto, o menino mostra ao pai a mão restaurada de vida. "Saiu de dentro de mim." Diz a frase e constrói um sorriso tão cheio de paz que faz o infinito parecer possível. "Por que o senhor está me olhando desse jeito?"

Um silêncio tonelar toma conta de algum palco. Palco. Roldanas. Cortinas. Sustentando o equipamento dos efeitos cênicos, o urdimento quase desaba sobre a cabeça dos atores. Não existe mais plateia. Tudo é permitido no pensar do dramaturgo, menos a fé. Ele vê em Agenor o mensageiro da morte e começa a rabiscar o final. O homem não vê sentido na descoberta do filho. Sempre quis poupá-lo dos desejos que só provocam ansiedade, insatisfação – uma correria em direção ao nada. A vida é uma fantasia muito pesada, não é necessário que o filho sofra a troco de algumas alegrias fugidias e mentirosas. "Eu quero ver o que tem lá fora, pai." O desejo, manifestado pela primeira vez, sela o destino do menino.

Agenor olha para o filho, e o poder do silêncio absoluto quase solidifica o ar. "Eu quero ver o que tem lá fora, pai." O ódio e o desprezo, velhos conhecidos do contador, somem sem dar explicação. Em seu lugar aparece a mesma água parada, a estagnação dos nervos e do pensar – a recusa da vida. Agenor aproxima-se do filho, segura sua cabeça com delicada firmeza e dá-lhe um beijo na testa. O menino sorri, feliz, sem saber que aqueles sorrisos se encontrariam pela última vez, e ainda esboça o desejo de um abraço. O pai sai do quarto e deixa o filho sozinho, sorrindo para o nada.

Escritório. Abajur. *Art déco.* Ábaco. Livros aos milhares. Mofo. Pouca luz. Cupins. Papel em branco. Caneta tinteiro.

"Meu filho, lá fora existem pessoas. Homens e mulheres, milhões e milhões. Todos absolutamente iguais, acredite, absolutamente iguais. Existem também animais abissais, voadores, marítimos, terrestres. Alguns são luminosos porque vivem na escuridão dos mares, alguns são coloridos, alguns sem cor. São mais leves do que os humanos, meu filho, não possuem memória, e seu instinto é mais puro do que o nosso desejo. Eles não sofrem. Sentem dor, lutam pela sobrevivência, mas não sofrem, meu filho. O sono, a carne, a água e suas crias são suficientes.

"Talvez você venha a conhecer, em breve, alguma outra dimensão, outra vida. Uns chamam de vida eterna. Dizem que é um lugar onde a harmonia impera, um lugar de anjos. Espero que seja verdade, e que essa verdade o acolha. Alguma coisa longínqua me diz que eu gostaria de te ver feliz. Meu filho, se eu pudesse te dizer amado, se eu pudesse ter te ensinado sobre o amor... Mas minha ignorância é eterna. Não seria honesto de minha parte te pedir desculpas, minha alma não me dá espaço.

"Fiz você conhecer a vida através de mim e de alguns livros. Você leu, viu fotos e ouviu as minhas histórias. Em certos momentos, pensei estar emocionado e me assustei. Eu não compreendia quando a vida vinha para perto, meu filho. Não veja isso como um pedido de desculpas, tento explicar o inexplicável por meio de um discurso caótico e vazio; mas essa sempre foi a minha vida.

"Tente não pensar em nada.

"Quando o medo chegar, feche os olhos e sorria.

"Teu pai, Agenor."

Agenor sobe a escada em direção ao quarto do filho com passos de pesadelo, o cômodo parece distante como a lua. Chega ofegante, suado. Começa a envelhecer naquele exato instante. Abre a porta só o suficiente para colocar a carta e tranca, para sempre, o futuro túmulo do filho. A decisão de não visitá-lo e não alimentá-lo mais quase gera um inédito sofrimento, mas, dentro da desordem que habita sua alma, uma estranha coerência o faz sobreviver e conduz seus gestos antigos e viciados. Tudo se normaliza quando o homem retorna ao seu escritório e se abaixa para pegar uma folha de papel em branco que está no chão. Fecha uma fresta da janela para evitar o vento frio e recebe outro telefonema do senhor Tadeu, que lhe conta em detalhes o acidente que seu sobrinho acabou de sofrer e que o deixou tetraplégico. Gestos comuns comandam a dramaturgia do casarão.

Um coro de bruxas acha graça da zombaria da vida.

O cotidiano está refeito. Agora... é só esperar.

E um mudinho, de repente, aparece falando pelos cotovelos. Um outro, com o olho arregalado, pergunta (fazendo os gestos lá deles, claro): "Quantos anos que eu não te vejo. Quem é que fez esse milagre com você, fala pra mim, homem de Deus?!" E aí o outro mudinho, o falante, diz: "Olha só, vou te dar o endereço do cara só porque você é que nem um irmão pra mim. Em uns três anos, você vai estar falando feito um doido." E aí, o mudinho, mudinho mesmo, sai correndo com o papelzinho na mão e vai até a casa do sujeito. Quando chega lá, um negão de uns quinze metros atende a porta. "Já sei, já sei, tu quer aprender a falar, né? Tô aqui pra te ensinar. Faz o seguinte: entra naquele quarto ali, tira toda a roupa e fica pelado olhando direto, sem tirar o olho, pro pôster do time do Corinthians que tá na parede. Se você não for corintiano, faz de conta. Mas fica peladinho e não tira o olho do pôster. Se concentra." E o mudinho fica lá dentro do quarto, peladinho e olhando pro pôster do Timão. De repente, o negão entra na sala, peladão, agarra o mudinho, e crau! O mudinho solta um berro: "AAAAAAAAAAA!" E aí o negão diz: "Beleza, amanhã tu volta que eu te ensino o B."

A sala é iluminada pela gargalhada gigantesca de Agenor. Cinira tem um repertório inesgotável de piadas. Às três da tarde, visitam o relógio, e o velho nem sequer chega perto da mulata. Faz algum tempo que o homem se mostra desinteressado pelo corpo escultural da mulher que lhe trouxe um pouco de alento desde o dia em que começou a trabalhar para ele. O corpo de Cinira, independentemente dela, sente uma falta envergonhada da violência do patrão. Recusa-se desesperadamente a aceitar o fato, mas ordens são ordens, e ele anda mais interessado nas histórias do que no sexo dela. O patrão parece mais triste e aéreo do que jamais esteve, está mais terno, mais frágil. Sempre caminhou empertigado, ereto, altivo. Sua velocidade no andar era de um jovem de vinte anos, e sua agilidade sempre foi de dar inveja ao mais hábil esgrimista. Mas, repentinamente, parece que seus músculos aceitaram a idade como uma ordem misteriosa e tardia. Manchas senis surgiram, de um dia para o outro, por todo o corpo. Pela primeira vez, depois de alguns anos, Agenor conta para Cinira sobre seu filho, nascido morto, e quase chega a sofrer. "Não, Cinira, não guardo fotos. Sou como os índios, que acreditam que as fotos roubam a nossa alma. Prefiro a memória."

– Qual era o nome dele?

Várias vezes a empregada pergunta ao homem se alguma coisa estranha está acontecendo, ao que ele sempre retruca com um meio sorriso, dizendo: a vida.

– Só isso, seu Agenor, tem certeza?

– Só isso, Cinira.

– Então, tá.

– Pega um copo para você, Cinira, bebe comigo.

– Eu não gosto de conhaque, seu Agenor.

– Então pega uma cerveja.

Agenor – como é próprio e óbvio para esse tipo de personagem – não tem amigos, seus clientes são praticamente vozes. Somente em algumas poucas ocasiões se encontra com eles pessoalmente, e, na grande maioria das vezes, tratam apenas de negócios. Uma única vez, alguns anos após a morte da esposa, encontrou e se encantou por uma mulher numa ida à padaria para comprar sua marmelada.

– Escondendo o leite, hein, seu Agenor?

O álcool já embala o bizarro casal, que começa a rir à toa como manda o figurino dos bêbados.

– Eu gostei do lenço que ela trazia na cabeça. Gostei da estampa e da maneira como estava amarrado, Cinira. Ela pediu três sonhos e um pão de linguiça...

– Quer dizer que o senhor gostou do lenço...

– A moça também tinha um belo *derrière*.

– Tinha o quê?

– Uma bela bunda, Cinira.

– Neguinha?

– Mais preta do que a meia-noite.

– O senhor gosta de uma neguinha, hein? E aí?

Agenor conta à Cinira sua breve história de amor, com uma alegria colegial. Riem e debocham-se mutuamente como grandes amigos.

– O senhor perguntou mesmo *qual é a sua graça? Graça*, seu Agenor?! Mandou muito mal, muito mal... e ela?

– Eu percebi que ela segurou o riso e disse: Kelly.

– Era empregada?

– Advogada.

– Uau! Mandou bem. E aí, comeu?

– Duas vezes.

– E cadê ela, homem de Deus?

– Simplesmente sumiu, Cinira, sumiu.

Agenor e Cinira bebem, riem, contam casos. Cinira conta muitas histórias da infância. A primeira comunhão, o primeiro namorado... conhece a história de quase todos os santos católicos e, obviamente, tem uma predileção por Santo Antônio. O tempo parece mais leve. Melancolia, tristeza, alegria, leveza, o sagrado e o profano convivem barrocos e estranhamente harmônicos. O homem sai mais de casa do que o habitual. Passa a gostar da rua, do sol. Passa a trabalhar bem menos, dispensa vários clientes, fica apenas com um grupo seleto. Mas o atendimento ao senhor Tadeu continua impecável. Olha para as pessoas de maneira mais curiosa, chega a perceber algumas diferenças no comportamento delas e sente um princípio de felicidade.

Como um quadro antigo de desenho animado, andando pela rua, próximo à sua casa, Agenor é atraído impiedosamente pelo cheiro de pão recém-saído do forno, que, devido ao seu olfato apurado, pôde ser capturado bem longe da padaria de onde saía, sinuoso e hipnótico. Segue o cheiro, quase flutuando, como um personagem de Walt Disney. Chegando à padaria, o homem pede um pão com manteiga na chapa e um café com leite, e suspira, aliviado. Quando o manjar dos deuses é servido, Agenor, agora realmente velho, põe-se a chorar. E ninguém entende.

— Boa noite, seu Agenor, vou dormir.

— Boa noite, Cinira, fica com Deus.

Mesmo com muito pouca comida e sem a visita do pai, o recluso é a imagem mágica da força. Uma necessidade inexplicável faz com que comece a correr pelo quarto com uma determinação demente. Exercita-se das maneiras mais estapafúrdias, para, depois de horas, cair exausto e sorridente na cama. A respiração ofegante chega rápido ao equilíbrio, mesmo com o corpo já começando a entrar num estado perigoso de hipoglicemia. Está eufórico, descontrolado, como se estivesse sob o efeito de alguma droga alucinógena e excitante. A brutal energia parece crescer de forma indômita, e seus sonhos, ou alucinações, estão cada vez mais impregnados de prazer. Músculos tímidos e impossíveis começam a desenhar seu corpo, sem que o tempo tenha definido a duração do abandono.

Um grupo de estrelas forma alguma coisa, que para ele é um corpo de mulher. No céu está a pista. A única. O desenho da noite. O latejar do brilho das estrelas aguça sua imaginação. Um pulsar ritmado no sexo entra em perfeita sintonia com os corpos celestes. As muitas formas desenhadas no escuro do céu deixam o homem cada vez mais excitado... mulheres exibem seus seios, suas coxas... dançam só para ele... o delírio o deixa ereto... elas beijam sua boca com bocas eternas, precisas... mais uma vez, o tempo parece ser controlado por um autor irrespon-sável... a escrita do abraço entre o caos e o recluso não pede licença para existir, simplesmente abençoa com um beijo o desejo do homem da noite... e depois do gemido, o sono e o sonho.

O recluso dorme dentro de um colossal sorriso.

Cinira acaba de sair de cima de Moacyr, e seu sorriso, mais que profano, denuncia a recente sacanagem. O lava-jato, ninho de amor do ardoroso casal, acaba de assistir a mais um show de puro prazer.

– Você estava com o diabo no corpo hoje, hein, meu preto?

– Quem manda ser gostosa.

– Tenho uma surpresa pra você.

– A chave?!

Com as saídas cada vez mais constantes de Agenor, foi fácil para Cinira fazer com que Vantuyr, o quase mítico chaveiro, entrasse no casarão. Os berros comemorativos de Moacyr, mesmo estando dentro do seu Fusca preto e com os vidros completamente fechados, atraem a atenção do irmão Aldayr, que ainda está com a boca cheia de sanduíche de mortadela.

– O que é isso, Moacyr? Quer que eu perca meu emprego? Tá maluco?!

– É que eu acabei de ganhar na loteria, Dadá! Tô bolando uma parada aí. Segura que vai sobrar uma grana pro irmão também. Me dá um pedaço desse sanduba, anda!

– Nem a pau.

Moacyr e Cinira vão embora dentro da sua carruagem de sonhos, enquanto, mais uma vez, uma pequena inveja se estampa no sorriso de Aldayr.

O casal dirige-se ao casarão enquanto planeja o futuro.

Cinira diz a Moacyr que ainda não teve coragem de entrar no tal quarto e confessa que está com medo.

— Cinira, só vou esperar até amanhã. Só até amanhã, entendeu?!

— Me dá um beijo.

TR3

O casarão está vazio. Um clima de filme B de terror instaura-se. Cinira está só e trêmula no meio da imensa sala. O cenógrafo – o mesmo que pôs belas borboletas emolduradas no quarto do casal Agenor e Lailah – decorou com duas gárgulas entalhadas em madeira o alto da estante repleta de livros, o que lhe confere um aspecto ainda mais sombrio, macabro. Para aumentar a ansiedade e o tremor, uma coincidência inventada impõe ao casarão uma quase total escuridão devido à falta de luz. Mesmo com as janelas completamente abertas, o dia se mostra chuvoso e lúgubre, o que potencializa o silêncio. O barulho que impera na rua dá lugar ao vazio de todos os sons por ordem do tempo ruim e do encenador. O silêncio reflete na imensa casa, provavelmente repleta de fantasmas fabricados pelos medos da empregada. Lembra-se dos rangidos e das vozes que a atormentavam à noite quando era pequena, da loira de branco que aparecia no banheiro da escola e dos filmes do Jason que foi obrigada a ver para agradar ao Moacyr. Tenta desesperadamente lembrar-se dos filmes do Eddie Murphy e do Jim Carrey, mas sua imaginação se recusa à palhaçada. O momento é de puro terror.

Aos poucos, Cinira toma coragem e começa, com passos tímidos, sua escalada tenebrosa em direção à misteriosa porta. Passos incentivados por pensamentos positivos em relação ao seu casamento. Tudo vale a pena, e Santo Antônio está ao seu lado mesmo assim; o pânico parece crescer a cada degrau conquistado. O suor e o coração acelerado parecem pesar ainda mais os pés gelados de medo da mulata. Mais um degrau. "Ó meu bom Deus, me ajude." Lembra-se de um filme do Zé do Caixão e fica aliviada, achou o filme engraçadíssimo, relaxa um pouco. Mas, de repente, uma barata, provavelmente muito mais assustada do que Cinira, voa e raspa os cabelos dela. Para aumentar o patético da cena, seu grito agudo ecoa por todo o casarão e obriga a mulher a se sentar por alguns segundos nos degraus, até que ela possa recuperar a respiração. "Eu não mereço isso, meu Santo Antônio, me ajuda." Mais alguns degraus, e a misteriosa porta será aberta. Cinira se ajoelha e reza o Credo, que sempre creu ser mais poderoso do que a Ave-Maria ou o Pai-Nosso. Terminada a reza, e com a respiração relativamente recuperada, a bela retoma seu suplício. Mais oito degraus pela frente, contados e recontados. Cinira estanca, apenas mais oito. Parece um burro empacado, teimoso. Parece um jogador prestes a bater um pênalti decisivo. Parece uma estátua viva fazendo um show para ninguém. O coração está mais a mil. Um relâmpago seguido de um estrondoso trovão aceleram ainda mais seus batimentos. O raciocínio encerra suas funções, e o medo, até então presente de tão exacerbado, se transforma em algo incompreensível e estimulante. De supetão, Cinira sobe apressadamente os degraus que faltam, enfia a chave na porta e, logo que uma fresta é exposta, a voz vinda do seu interior pede comida. "Pai, estou com muita fome. Eu quero comida. Eu quero comida." O pavor que toma conta do corpo de Cinira, além de congelar todos os seus nervos, impõe um ritmo alucinado e incongruente aos seus gestos. Tranca a porta novamente, desce os degraus de três em três como uma desvairada, chega esbaforida na cozinha, pega todos os mantimentos que pode, biscoitos, pão, lata de marmelada, castanhas, queijo, duas garrafas de água mineral (parece ter mil braços, um mais forte do que o outro), retorna ao quarto do demônio, destranca, joga os muitos mantimentos que pegou na cozinha lá dentro, volta a trancar a porta, desce a escada correndo feito uma demente e só dá fim àquela correria aterrorizada quando chega ao banco do jardim no quintal do casarão.

É difícil para Cinira entender o que aconteceu. Quase impossível parar de tremer; contra o frio mental nenhum agasalho é eficiente, mesmo assim, continua a esfregar o corpo freneticamente para ver se a temperatura volta a ser de uma pessoa viva. Tenta retomar a respiração e organizar os pensamentos enquanto olha assustada para a "torre" no alto da construção. "O que é que tem lá dentro, meu Deus do céu?!" Não consegue compreender por que voltou e alimentou o espírito maligno que habita o maldito cômodo.

"Por que eu fiz isso, meu Santo Antônio?" Cinira fecha os olhos e tenta pensar em coisas boas. Pensa no seu vestido de noiva e no casamento. Lembra até de pensar em Moacyr. Reza uma Ave-Maria, depois outra e mais outra. Aos poucos, o corpo começa a retornar a um estado mais calmo. Silêncio. E outro susto. Gigante. Os pensamentos são interrompidos pelo "Cinira" dito suavemente por Agenor, que acaba de chegar. O grito da mulher assusta o patrão.

– O que é isso, Cinira?! Está tudo bem com você?

– Tudo bem, tudo bem, seu Agenor, eu só estava tomando um arzinho. Estava distraída, desculpe.

– Vou entrar, estou um pouco cansado.

– Que bengala é essa, seu Agenor?

– É a minha mais nova aquisição, gostou?

– E desde quando o senhor precisa de bengala?

– Desde que fiquei velho.

– É... Então, tá.

Cinira fica observando o patrão dirigindo-se ao casarão e percebe a nova velhice no seu corpo, na sua alma e na sua voz que, como o restante da sua figura, ficou trêmula e opaca. Prefere não comentar sobre o quarto antes de falar com Moacyr. Relembrando o recente acontecido, ela se dá conta de que a voz disse *pai*. "Deus do céu, será que a coisa que tá lá dentro é o espírito do filho do seu Agenor? Claro, Cinira! O moleque morreu e o velho trancou o quarto pra sempre, é isso! Não tem tesouro nenhum lá, só o espírito do falecido mesmo. O Moacyr vai me matar."

Mas, antes de falar com o amado – como convém a todo personagem supersticioso e religioso –, Cinira resolve consultar uma vidente amiga de infância, Otília, Madame Otília, a mulher de magreza exuberante, parenta muito próxima de todos os esqueletos do mundo. Entre outras coisas, a vidente confirma que no quarto há realmente um espírito e que ele deve ser alimentado diariamente para que seu desejo seja saciado e para que ele não venha a fazer nenhum mal às pessoas da casa. A boa notícia é que Cinira, em breve, será mãe de um lindo menino de olhos azuis e que esse menino um dia será um artista famoso. Bate palminhas e vibra, "da Globo? Será?" Mas o que a própria Otília achou estranho é o fato de não ter visto quem é o pai do filho da amiga. "Coisas do além", pensa a vidente.

pássaros mergulham
perto do barco
muito cedo
poderia não ter
almas por dentro
mesmo assim
seria ser
lá longe
a paisagem
a neblina
horizonte de ponta cabeça
e a água cai
doída
enferrujada
estraga tudo
vivo
parado
pássaros mergulham
depressa
com fome
com muita fome
o cardume não foge
não sabe pensar
quem ensinou a não pensar?
quem ensinou?
o vício da vida

alguém responde
pássaros mergulham
o homem que pega os peixes não dorme
fica de olho bem abertão
palavras na rede
na rede
sente o cheiro
a baba fedida
a guelra
da poesia
os homens não sabem
fingem que sim
para ficarem calmos
diante da voz
que cria sem pensar
é o vício da vida
alguém repete
pássaros mergulham
no chão, no céu, na água
o sol começa a sair
e leva junto
todas as chaves
um vento jovem abre
a porta sem querer
o cardume foge
os pássaros voam
para o céu
alguma coisa
fica presa
um prato de comida
o beijo do meu pai
a coisa de cabelos bem compridos
ela

na proa do barco
lembra
a história antiga
de todas as histórias
pássaros voam no céu
os homens que pegam peixes perdem a pele
para o sol
a noite apaga a pintura
de todas as imagens
e o rugido
oferece ao ar
o sopro salgado
de todas as rezas noturnas
que a água não esquece
é o vício da vida
alguém agradece.

O recluso sente um imenso prazer em juntar palavras. Imagens são construídas sem pudor ou vigilância. São retalhos de conversas com o pai, fragmentos de livros, visões do céu, caminhos de um labirinto. Lê e relê o que escreve e depois guarda na gaveta do móvel ao lado da cama.

Continua excitado, agitado, sempre se exercitando até a exaustão. Não consegue compreender a ausência prolongada do pai, talvez por isso, o corpo, carente do "carinho" paterno, pede o cansaço e o erotismo. Seus músculos ganham definição à medida que o tempo passa e seus sonhos, por ordem da lua, são impregnados de água e carinho. A palavra *mulher* exerce na pele do homem o poder instintivo do mais antigo animal. Seu sexo pede ação, seus gestos ancestrais dão-lhe a luxúria, e a imaginação, sempre com a ajuda dos céus, inaugura a mulher beijada que satisfaz seus desejos.

— Cinira, Cinira, tu tá me enrolando já não é de hoje! Qual é?! É o velho doido que tá mais doido, é o espírito esfomeado… Deixa de ser mané e entra logo na porra do quarto!

— Não se brinca com essas coisas, Moacyr. A Otília mandou eu esperar mais um pouco, pra *mim* continuar deixando comida lá dentro. Entrar naquele quarto agora não vai ser bom pra ninguém.

— Larga mão de ser besta. Tu vai acreditar em macumbeira agora?

— Ela não é macumbeira. Ela é esotérica.

— E eu sou um babaca!

— Paciência aí, meu preto, prometo que logo eu entro lá e descubro tudo. A Otília disse que vai fazer um ebó que é tiro e queda, o feitiço é poderoso, o egum vai sair do quarto, no máximo, na semana que vem. Eu vou dar uma passada na casa dela daqui a pouquinho. Ô Moacyr, eu tô louquinha pra casar com você, comprar nossa casinha, ter os nossos filhotes… confia na sua Cinira, vai.

— Tudo bem, vai lá na casa da bruxa e depois volta aqui no posto, que eu combinei com o Dadá de levar ele na gafieira pra conhecer uma dona. Ele tá numa seca de dar dó, e eu tô a fim de ajudar o mano.

— Tudo bem, eu vou num pé e volto no outro.

No ônibus e em pé, Cinira é acariciada por pênis dos mais variados tamanhos. Ela costuma fechar os olhos e tentar adivinhar a cor, a altura e o peso do sujeito que, de propósito ou sem intenção, apresenta à mulata sua arma não muito secreta. Ajuda a passar o tempo e, em vez de se aborrecer com os ingênuos tarados, faz sua pesquisa científica e enriquece o currículo. Ajuda a passar o tempo...

Madame Otília já está à espera de Cinira, e sua expressão não é das melhores. A sala onde a vidente atende é minúscula e lotada de imagens e incensos que causam uma torrente de alergias em Cinira. É comum ver o discurso de Otília sendo interrompido pelos espirros da empregada. Nesse dia, a adivinha está mais séria que de costume. Antes de começar a falar sobre o que descobriu, pede que Cinira lhe dê as mãos e, juntas, rezam várias preces evangélicas com um fervor nunca antes visto pela mulata. A vidente perde completamente a pose de vidente – como um ator que perde o personagem ao longo de um processo de ensaio – para adotar uma postura grave de total sinceridade. Fala que o espírito já não está mais dentro do quarto, mas que é necessário continuar colocando alimentos no seu interior para garantir a paz na casa e na vida da doméstica. A notícia ruim fica por conta da morte, prestes a chegar. Quatro mortes ocorrerão perto de Cinira. Ela arregala os olhos, leva a mão dramaticamente ao peito e entreabre a boca. Silêncio. O quadro do espanto está estereotipicamente pintado e a plateia, à espera. Depois de ter retornado à vida, Cinira pergunta quem serão. Otília diz que as entidades não revelaram nenhuma pista a respeito das vítimas. Cinira ainda insiste para que a vidente faça alguma coisa para impedir o triste destino dos quatro, e está disposta a pagar a quantia que for e a participar de qualquer tipo de ritual, mas não há nada a fazer; o que está escrito está escrito. Depois de beijar os pés da imagem de Santo Antônio, Cinira paga a consulta e vai ao encontro do amado.

Otília fica um tempo na porta vendo Cinira se afastar em direção ao ponto de ônibus. Faz o sinal da cruz, entra e dá três voltas na fechadura.

No trajeto de volta ao posto onde se encontram Moacyr e Aldayr, o ônibus está quase vazio. Sua costumeira pesquisa científica não apresenta nenhum voluntário, então ela escolhe um banco e começa a dar vazão a mórbidos pensamentos em relação a um futuro próximo.

No posto e a postos, estão à sua espera o amado e o irmão levemente invejoso. Aldayr sempre admirou a capacidade do irmão em laçar o sexo oposto e sofre muito com a própria inabilidade. Sempre que conseguia uma carne nova era graças ao esforço de Moacyr. Segurar a conquista era ainda mais difícil porque, além da grosseria e ignorância quase inoxidáveis, o tamanho exagerado do seu sexo, em vez de ser um trunfo, tornava-se um empecilho duro de ser superado, duríssimo. Coisas da vida...

– Pontual como sempre, minha preta. Vamos logo que o Dadá já tá começando a babar.

Não têm tempo nem de chegar perto do Fusca preto. Um grupo de homens encapuzados e armados até os dentes entra correndo no posto e logo é abordado por duas viaturas da polícia, que não poupa munição. O único que não está de capuz é rapidamente reconhecido por Moacyr; é seu irmão Cleonyr, o capiroto, que, pelo jeito, fugiu da cadeia. O tiroteio é intenso, rápido. Cinira, Moacyr e Aldayr ficam no chão enquanto o mundo parece desistir da vida por um espaço de tempo impossível de ser contado.

Passado o pipoco dos tiros, Cinira, ultimamente acostumada ao terror e à taquicardia, levanta do chão por ordem da polícia e, não sem antes cutucar Moacyr com a ponta do pé para que ele também se levante, é notificada pelo oficial de que Moacyr e Aldayr estão mortos. Cleonyr idem.

Cinira vai feito um zumbi até a delegacia para prestar depoimento. Enquanto anda na viatura, tenta contar as luminárias dos postes para ver se a vida volta a fazer algum sentido. Não faz. Chega à DP, toma café, toma água, responde às perguntas, preenche fichas e é liberada. Quando põe os pés fora da delegacia, o corpo lhe lembra que chorar é mais do que necessário. Chora copiosamente pelo vestido branco que ficará por mais algum tempo servindo apenas à sua fantasia. Liga para Anayr e lhe dá a triste notícia. Chora pelo Moacyr também.

"… É, eu sei, era todo metódico. Claro, claro, fique tranquilo. Não, está tudo aqui no meu escritório, assim que você tiver um tempo, passe por aqui que eu terei o maior prazer em mostrar todos os documentos. Não se preocupe, não tem pressa, pode fazer os seus exames tranquilamente e depois você dá uma passadinha aqui. Sem dúvida, é uma cirurgia muito simples, você vai ficar novinho em folha, não se preocupe. É realmente uma pena, fico muito triste, eu gostava demais do seu pai. Claro, estarei lá. A vida continua. Até breve." O telefone preto fica em silêncio. O senhor Tadeu morreu dormindo. O casarão permanece impávido colosso.

Agenor está sentado à mesa do escritório, compenetrado em suas velhas funções de contador; afinal, outros clientes, muito vivos, necessitam do seu zeloso trabalho. Entre um cálculo e outro, o pensamento não consegue evitar a lembrança do filho, e um sorriso aparece em seu rosto envelhecido. A plateia tenta em vão desvendar o sorriso, mas fica conformada apenas com o movimento muscular. Agenor sorri. Pensa na possibilidade do paraíso, de outras paragens, de paragens nenhumas, e percebe que a única saída é respirar, pelo menos, enquanto ele puder. Respirar, trabalhar e, hoje em dia, apenas conversar com Cinira, que acaba de entrar no escritório com a mais nova aquisição do patrão, uma moderníssima cadeira de rodas motorizada. O sorriso de Agenor aumenta, parece criança no Natal.

A imagem do velho decrépito se estabeleceria quase em sua totalidade não fosse pelo raciocínio ainda vivo e perspicaz.

As dores pelo corpo todo, outrora jamais sentidas, estão presentes durante o dia e noite adentro. Os cabelos completamente brancos, ralos; o corpo, flácido, sem viço; e um tremor constante, que teima em fazer parte da sua rotina, são a sua mais nova e imutável realidade. Em lugar do conhaque, muitas cápsulas e comprimidos são ministrados cuidadosamente por Cinira. O velho típico numa cadeira de rodas e com uma coberta quadriculada cobrindo-o da cintura até os pés é o novo personagem que o casarão abriga com a mesma indiferença de sempre.

Continua com suas costumeiras saídas pelo bairro, em sua bela cadeira de rodas motorizada, e com Cinira, que o acompanha sempre para que se sinta um pouco mais seguro. Seu olfato já não trabalha mais. O pão recém-saído do forno da padaria próxima ao casarão é sentido por Cinira, que quase diariamente o leva até lá para que possa degustar seu pão com manteiga na chapa, seu café com leite e seu pranto. "Nunca vi alguém chorar tanto quando come pão com manteiga e toma café com leite", pensa Cinira, enquanto assiste à bizarra emoção de Agenor.

Cinira, sempre sem o conhecimento do velho, continua a alimentar o quarto por ordem de Otília, e fica cada vez mais à vontade com o recinto secreto. A rotina de dar o que comer, destrancar o quarto, colocar rapidamente os alimentos e, com a mesma ligeireza, trancar a porta, vai, aos poucos, tirando o mistério do lugar. Vez ou outra, ela tem a impressão de ouvir um "obrigado", que recebe de volta um "de nada" feminino e suave. Cinira passa a não sentir mais medo; ao contrário, o clima do quarto passa a inspirar-lhe uma certa paz, tem prazer na visita. A mulher já confia na "coisa" que está lá dentro e que depende dos seus cuidados para continuar a viver neste ou em outro mundo. Vida que segue...

Outra novidade na vida de Cinira é que, de uns tempos para cá, ela começou a receber constantes telefonemas de Jurandyr, o irmão do falecido, que veio do Norte e já se encontra há um tempo morando no cubículo que Moacyr ocupava. A bela, que sempre foi afeita e feita para o sexo, está começando a entrar numa crise de abstinência que a deixa num estado de nervos fora do normal. Apesar disso, recusa veementemente as investidas de Jurandyr por julgá-lo parecidíssimo com o ex.

Cumprindo com o cotidiano modorrento do casarão, Cinira resolve fazer algo que há muito já não fazia: durante a faxina, puxa uma gaveta antigamente proibida – todas as vezes em que tentou abri-la, a encontrou fechada – para fuxicar o conteúdo. Faz isso por puro tédio, mas o resultado é surpreendente. Dentro da gaveta, além da quantidade absurda de fezes de cupim, existem muitas fotos de bebês. Negros, brancos, magros, carecas, cabeludos... mas todos com uma aparência de fraqueza que chega a dar dó. Outras fotografias mostram um jovem casal, Agenor e Lailah, em diferentes lugares, ora empurrando um coloridíssimo carrinho de bebê, ora segurando um no colo, acarinhando, beijando, brincando, fazendo caretas... formam a imagem da verdadeira felicidade. Cinira acha curioso o fato de o patrão querer guardar segredo daquelas fotos. Quem são as crianças? Ele disse que não gostava de fotograf...

– Era uma tentativa, minha cara Cinira, uma tentativa... Vejo a pergunta estampada no seu rosto: "De quê?" Eu realmente não sei a resposta e tenho sérias dúvidas se adiantaria alguma coisa se eu soubesse te responder. Cuidar daquelas crianças era vital. Nós sentíamos uma real necessidade de tomar conta daqueles pequenos, da melhor maneira possível, acredite, da melhor maneira possível, até o momento da... não gostaria de falar sobre isso com você, desculpe. Eu sei muito pouco da vida, mas muito dos livros. Acho que eu nunca soube transformar a música clássica, as artes plásticas, a literatura em algo concreto na minha vida, qualquer coisa que me fizesse bem ou que fizesse bem aos que estavam à minha volta. Essas coisas que todos dizem serem maravilhosas, e provavelmente são, de nada serviram para mim; é bem possível que por total incapacidade de minha parte. Quantas pessoas não tiveram a vida modificada depois de assistir a um filme maravilhoso, depois de ter visto um quadro de Max Ernst, depois de um Vivaldi, depois de um beijo. Creio que fui incapaz. Cinira, eu não consigo nem saber se a tua simplicidade me causa inveja. Um dia conheci o seu namorado, o Moacyr, e acho que cheguei a desejar ser como ele. Talvez.

Quer saber da minha infância? Normal. Absolutamente normal. Filho único, bem-criado e bem-educado. Não tive nenhum tipo de trauma. Meus pais me amaram, com toda certeza, e cuidaram muitíssimo bem de mim. Isso nunca fez a menor diferença, talvez eu até sentisse um certo asco ou alguma coisa parecida quando eles me beijavam, por exemplo. A verdade é que o carinho chegava a me irritar, e muito. Eu sempre preferi a solidão. Gostava de brincar com meus amigos imaginários. Nunca fui agressivo. Briguei somente uma vez em toda a minha vida, foi no colégio, eu devia ter uns quatorze anos. O garoto veio para cima de mim e me deu um soco no nariz. Nem me lembro direito por que ele quis me bater; deve ter sido por um motivo banal, não sei… Quando eu vi o meu sangue escorrer pela boca, percebi que tudo à minha volta começou a ficar escuro. Depois disso, só me lembro da conversa com a diretora dizendo que o garoto estava hospitalizado, com duas costelas quebradas e várias cicatrizes pelo rosto. A molecada do colégio tinha um medo surdo de mim, mesmo antes da briga. Depois as coisas pioraram um pouco mais. É da juventude… Meus pais eram médicos. Meu pai, clínico geral e minha mãe, pediatra. Eles eram inteligentes e muito amáveis com todos.

Também fui um excelente aluno. Cheguei a surpreender meu professor de química com as fórmulas inéditas que eu produzia no laboratório da escola. Claro que, desde cedo, meus pais perceberam que eu era um garoto, no mínimo, especial, diferente. Fizeram de tudo. Frequentei psicólogos, psiquiatras até, e outros tantos gênios da mente e do corpo. Engraçado... nunca cheguei a sentir saudades dos meus pais. Eu acho. Morreram de forma estranha; ingeriram alguma coisa que nenhum médico conseguiu detectar... deixa pra lá... Sabe, Cinira, não tenho medo de nada. Eu teria que ter nascido para poder ter medo de alguma coisa, você não acha? Ou talvez eu tenha tanto medo que meu coração nunca teve a oportunidade de funcionar direito. Pode ser... mas do que eu me escondo? Eu teria tanto medo de quê? Da vida, disse o doutor que estuda a mente humana. Medo do amor, disse seu colega. Medo da morte, disse outro. Problemas com papai, com mamãe, com o mundo, com a infância... a verdade é que eu tentei. Falaram coisas em latim, ministraram-me remédios... E não me ajudaram em nada, em nada, minha querida Cinira.

O *querida* saiu de sua boca com densidade nunca antes proferida. Compreendeu a palavra, o som, a intenção, o sentimento, mas espantou seu perfume antes que fosse tarde demais, dizendo um *pro inferno com tudo*, sem a menor convicção.

— Existem pessoas, na minha opinião, medíocres e medrosas, que exigem a definição de espaço e tempo. Qual o contexto? Não sei. Querem mais personagens, mais tramas em suas vidas... ridículo, eu acho, desnecessário. Querem a objetividade, querem multidão, sentimento, histórias de amor, aventura... querem entender o que é real, o que é sonho, o que é vida. Querem uma cartilha, um manual, qualquer coisa que aponte um caminho... sei lá. O que importa onde moramos ou escolhemos morrer? O drama humano é absolutamente igual em qualquer lugar do mundo. É bem verdade que eu não faço a menor ideia do que seja o drama humano, mas o fato é que eu sei que existe um. É engraçado... acho que a Bíblia e os escritores russos sabiam alguma coisa de drama humano... sabem sim... eu nunca soube... acho... que diferença isso faz? O que importa a motivação, a causa e a consequência? O resultado é e será sempre o mesmo: o desejo insaciável, a frustração, algumas poucas vitórias, normalmente sem nenhum valor real, e o fim. Não é isso? O que é que você quer que eu fundamente, Cinira? Que credibilidade tem a vida? Você sabe? Muito menos eu. Será que a minha história tem que ter alguma credibilidade? Quem disse? Como é que eu consegui esconder durante tanto tempo meu segredo? Não interessa, eu simplesmente consegui, e não existe nada de tão mirabolante nisso. Livros, livros e livros... a verdade é que eu sempre gostei da estupidez e das suas facilidades. Demorei a descobrir que sou estúpido e fácil. Não consegui viver com simplicidade por absoluta presunção. O ser especial, o gênio que eu supunha ser, jamais existiu. Descobri isso depois de velho. Mas, como diz o ditado popular: antes tarde do que nunca. Está claro que eu não acredito em Deus, mas gostaria muito. Pode ser que eu esteja sendo castigado, por que não? Talvez um dia, Cinira, creio eu. Sabe...

Quando Agenor ia continuar com seu discurso, olhou para Cinira, que estava dormindo sentada na poltrona, com um meio sorriso na boca, e ficou admirando seu corpo e sua capacidade de comungar com a terra. O dramaturgo talvez tivesse escrito que Cinira sonhava com seu vestido de noiva. Talvez. Acho.

— Eu tô quase ficando louca, Otília. Eu tô sem homem já nem sei mais quanto tempo faz. Faz alguma coisa, vê aí, pelo amor de Deus! Fizeram algum trabalho contra mim, não é possível! Nem passando em frente de obra a peãozada diz alguma baixaria pra me animar, nem passando em frente de obra! Parece que eu fiquei invisível! Só pode ser macumba, e das brabas! Mas quem? Eu não tenho inimigos, não tenho! Até o Jurandyr, que era doidinho por mim, não me liga mais. O que é que eu faço?

— É estranho. Tem mais gente pra morrer… falta mais um, Cinira, mais um…

— Que papo é esse? Não quero falar sobre isso. Eu quero saber quando é que eu vou transar.

— As cartas não estão dizendo quando e nem com quem. Mas o seu filho vai nascer.

— Por obra do Espírito Santo, pelo jeito.

— Por obra de um espírito, mas não muito santo, Cinira.

— Todo homem é assim. Qual a novidade?

— O pai do seu filho já está morto.

— Você bebeu? Que entidade maluca é essa que tá falando contigo? Eu não estou grávida, pelo amor de Deus! Vira essa boca pra lá! Filho do Moacyr?! Vira essa boca pra lá!

— Vamos encerrar por aqui hoje, Cinira, daqui a pouco vai passar o último capítulo da minha novela e eu não vou perder nem por um milhão.

— Tudo bem, eu também não quero perder o último capítulo nem por uma boa trepada. Posso assistir aqui contigo?

– Claro.

A história mudou rapidamente de rumo, ficou fácil e seus caminhos, bastante previsíveis. Para celebrar a importância da vida, comiam pipoca com guaraná enquanto assistiam ao capítulo final de *Amor Secreto*. Cinira não conseguiu conter suas lágrimas na cena do casamento da empregada com o filho do patrão, uma união concretizada depois de muita luta e sofrimento. Por volta do capítulo oitenta, a possibilidade do filho do patrão, Douglas Avelar Montana, ser irmão de Adalgisa Silva, a empregada, poderia colocar tudo a perder. Mario Avelar Montana, empresário poderoso e inescrupuloso, tivera um caso secreto com Wanda Pimenteira, a caseira que tomava conta de um dos latifúndios dos Avelar Montana. Mas um exame de DNA feito em segredo por Adalgisa, assim que a suspeita veio à tona, pôs fim ao mistério. Adalgisa estava livre para amar Douglas. Mas outras armadilhas e intrigas adiariam, por mais algum tempo, o amor do casal. E somente no último capítulo – e com o elenco inteiro reunido e contrariado –, Deus e os homens puderam ser testemunhas da avassaladora paixão. Durante todo o trajeto de Adalgisa até o altar – o que rendeu muita música, closes, flashbacks e lágrimas –, Cinira não parou um segundo de comentar com a amiga sobre o vestido da noiva. As duas telespectadoras não paravam de falar, de analisar, de supor e pressupor, de criticar, de sonhar... Cinira sentia um tremendo orgulho, seu vestido era muito mais bonito. A novela termina com o beijo final entre Douglas e Adalgisa, enquanto outro beijo, bem menos caloroso, marca o "até semana que vem" das amigas telespectadoras. A mulata pede mais uma vez a Otília para que ela descubra um jeito de resolver seu problema e sai pelo escuro da rua em direção ao ponto de ônibus.

Cinira está parada no grande quintal de entrada do casarão, olhando para a "torre". A escrita, a vida e todas as estrelas que assistem à cena não sabem ao certo em que ritmo o tempo passou. Acima da "torre", uma constelação de estrelas latejantes dão a impressão de enviar uma mensagem àquela que é semelhante por amaldiçoada ou abençoada natureza, e a mulher, com instinto de mulher, sente no ventre que a noite está lhe dizendo alguma coisa.

Os refletores mudam o foco e iluminam o recluso que também olha para a noite. Dois corpos, unidos pelo olhar, miram o futuro, e um sentimento inexplicável desaparece antes que as cortinas se fechem e estabeleçam um novo sonho para os atores.

... Mãos acariciam as costas do homem da noite. Unhas compridas desenham caminhos vermelhos e chamam, delicadas, um pouco de sangue. Não machucam, aquecem. Não escondem, apontam. O homem olha para a direção escolhida pelo gesto e vê uma silhueta de cabelos muito compridos. Reconhece o brilho, o latejar, o preto do céu. Vai ao seu encontro. Pelo caminho, o homem sente seu corpo sendo recoberto por uma pele mais rija. Mãos em garras, pés em cascos. Asas aparecem em suas costas e realizam o voo do encontro. No encontro, o clarão. No clarão, o despertar... Acorda ofegante. Sorrindo.

Cinira sonha um outro sonho. O sonho claro do desejo. Os homens se misturam em sua cama. Agenor, Moacyr, Jurandyr e outros desconhecidos tentam e não conseguem chegar perto do seu corpo. Os homens desaparecem. Cinira acorda. Vai até a cozinha, vira um copo d'água e volta para o seu quarto. Tira o vestido de noiva do armário, coloca-o em cima de uma cadeira e fica olhando para ele. Cinira, por um momento, pensa nas palavras da vidente e admite a possibilidade de estar grávida. Está com a menstruação bem atrasada e vomitou essa semana. Em alguma das muitas relações com Moacyr, a pílula pode ter falhado. Moacyr nunca usou preservativo. Detestava. Com a dúvida atormentando-lhe os pensamentos, volta para a cama e enfrenta a noite.

... Talvez o Tempo seja um Deus... No princípio era o Verbo. No princípio, no meio e no fim. É o Verbo. É possível que o Tempo fale, ordene e seja estranhamente finito? Verbo = a segunda pessoa da Santíssima Trindade encarnada em Jesus Cristo. A sabedoria eterna. Expressão. Classe gramatical que tipicamente indica ação e pode constituir, sozinha, um predicado ou determinar o número de elementos que este conterá. A cadela da fazenda adotou um leitãozinho como filhote. Não é tão raro na natureza ver animais adotando filhotes de outras espécies. Existe uma beleza imensurável nesse tipo de adoção; revela a igualdade, o coração, o pulmão, o corpo. E a emoção surge como palavra, como um olhar úmido, doce nó na garganta. Vai muito além do amor. No princípio, no meio e no fim é o verbo. Livre, imensurável.

Cinira assiste no YouTube a alguns vídeos de porcos amamentando gatos, cães amamentando pumas... deixa o tempo passar, consola o tédio. Toma cerveja e viaja no virtual. Pensa em beijos passados, pensa na amiga que pintou os cabelos de vermelho, pensa no baile, pensa na feira, pensa na alcachofra, alcachofra?... (pensa e ri), pensa na porta, na voz, na praia, na mega-sena, pensa no beijo, pensa na rua de terra da infância e na sua amiguinha, que disse sussurrando no seu ouvido: "Um fantasma muito mau está atrás de você. Ele está olhando para você." Cinira sai correndo pela rua, grita, pensa na mãe fervendo alguma coisa na panela, pensa na paçoca e na embalagem onde está escrita a palavra Amor, pensa novamente na alcachofra, pensa no beijo... E volta ao computador. Vídeos. National Geographic. Animais. Compreende a solidariedade do instinto e fica maravilhada, feliz da vida. Cerveja. Cinira bebe de barriga vazia. Agenor dorme sentado e baba. Cinira abre mais uma. O casarão está conectado com o tempo inventado, e seus atores se preparam para o ato final. Agenor sonha com o filho morto e ameaça a tristeza. No sonho, o homem está de pé, viril, disposto. Abraça o filho com força, beija sua testa e se olham com sorrisos que aumentam a vida. Somem. Agenor entreabre os olhos e vê Cinira sentada à mesa do escritório, vendo alguma coisa no computador. Volta a fechá-los e dorme. Cinira está completamente embriagada, e o destino, também inventado e inventor, reaparece sinuoso. "Eu matei meu filho, Cinira, eu matei meu filho. Eu não consigo nem ficar triste... eu matei meu filho, Cinira..." A empregada está tão bêbada que não apreende exatamente as palavras ditas pelo patrão, que está entre o acordado e o dormindo. "Tudo bem, seu Agenor, tudo bem, dorme aí que eu já volto. Vou até o banheiro rapidinho e já volto para levar o senhor pro bar, quer dizer, pra cama." Cinira se acaba de rir da bobagem que disse. Acha a coisa mais engraçada do mundo ter dito *bar* em vez de *cama*. Passado o surto, apoia a cabeça do homem numa almofada e dá-lhe um beijo na testa. Em seguida, obedecendo às ordens do álcool, sobe, trôpega, rindo à toa, a escada até o andar de cima e para aos pés da outra escada que a levaria à porta secreta.

Cinira jamais, em toda a sua vida, ficou naquele estado de embriaguez. Não consegue sentir direito as pernas, tudo gira lentamente à sua volta, mas a sensação de bem-estar e leveza torna crível a conversa com fantasmas, seres de outro planeta e até mesmo objetos inanimados. Fica olhando para a porta no alto da escada, e um arrepio de excitação culmina com um pequeno e delicioso choque na nuca. Se chacoalha um pouco, feito cachorro molhado tirando o excesso de água do corpo, e inicia muito lentamente a subida em direção ao quarto proibido. Cada degrau conquistado é dedicado, ora a um santo, ora a uma pessoa ligada à sua história de vida, ora a uma celebridade. Diverte-se, comanda o tempo. "Esse é pra você, meu Santo Antônio. Eu nunca te deixei de cabeça para baixo, nem dentro de uma bacia com água... que nada... torturar santo?! Nunca entendi isso, até parece! Gente burra! Santo é poderoso, forte, tem poder sobrenatural... é que nem super-herói... ô gente burra! Eu nunca fiz essas coisas, meu santinho. Arruma um cara bacana pra mim, vai. Eu prometo que ele vai ser o homem mais feliz do mundo. E esse é para você, Shakira, e esse para o Akon, adoro você, Akon, não sei falar inglês, mas e daí? Precisa entender pra gostar de uma música? Claro que não, gente burra! Esse é para o Tony Ramos, o cara mais legal do mundo. Esse é para o Obama, que é afrodescendente que nem eu. E esse é para você, meu preto. Ô, Moacyr, que saudades eu tenho do nosso amorzinho, lembra? Você nunca viu meu vestido de noiva, né, meu preto? Nem poderia, não dá sorte. Eu sinto falta de você, Moacyr. Eu sempre lembro do dia em que a gente se conheceu no bar do Nelson... você estava comprando um maço de cigarros e eu estava tomando uma Coca zero... você olhou pra mim de um jeito tão *cafa*, nossa! Pirei na hora! Perguntou meu nome, pediu meu telefone e me comeu. Fácil, né, meu preto? É isso aí, a vida é fácil... Será que eu vou virar freira? Nem fodendo!" E cai sentada no degrau, gargalhando para a vida.

O riso cessa completamente para dar lugar a um semblante plácido. O tempo volta onírico e suave. Não existe medo ou pensamento, apenas corpo. Cinira deixa para trás os últimos degraus, destranca a porta e entra silenciosa e tranquila no quarto do recluso. A noite é de lua cheia e, juntamente com as estrelas, abençoa com sua claridade um corpo de homem que dorme em paz. Em nenhum momento, o medo, ou até mesmo um pequeno receio, visitam a mulher que, com seu corpo, renova o mundo. O imenso teto de vidro que permite a luz parece sonho. O álcool que circula no sangue parece bento. O andar que a aproxima do homem parece prece.

O homem dorme de bruços, fazendo do corpo um hipnótico convite. A mulher se senta na cama com todo o cuidado do mundo para não acordá-lo e começa a passar delicadamente as unhas pelas costas da imagem. Gestos são comandados por uma sequência de notas antigas e andamentos que vão entre o largo e o andante, e outros inventados pela magia do movimento. O corpo sutil da mulher acaricia o animal adestrado, alimentado pelas suas mãos. É seu o direito ao chamado, ao beijo, ao carinho dentro da jaula violada. A mulher desenha o sonho com uma respiração cada vez mais impregnada de desejo, enquanto o corpo sonhoso do homem começa a reagir ao toque, fazendo a temperatura do quarto reagir também. É seu o direito natural à posse daquele corpo estranhamente conhecido, familiar. Parece não haver espaço para a surpresa, para a pergunta. É um homem pedindo alimento, unhas, fantasia. Um homem e uma mulher inaugurando uma outra vida. As entranhas da mulher sabem quem é o completo desconhecido que começa a mostrar o rosto para a lua. Olha para os traços masculinos de beleza nunca vista, e reconhece um príncipe de cabelos aloirados, olhos azuis e pele branca como a luz. Músculos bem definidos esculpem seu corpo, e a rigidez do desejo não deixa dúvidas quanto aos próximos movimentos. A mulher beija os pés do homem, que já não sabe se sonha, e percorre com a boca entreaberta o caminho que a leva à vida. O segundo beijo, demorado e quente, engole, como um doce demônio, o sexo do homem, que geme e sorri. No terceiro beijo, as bocas se encontram e os olhos, mais sábios do que a escuridão, permanecem fechados, para continuar vendo a dança das línguas, dos braços, do encontro. Ele é comandado pelo lado brilhante da lua e obedece ao canto da sua pele. O homem abraça a mulher e reconhece sua temperatura. Dentro da mulher, depois da violência das ondas, ele dorme e sonha. Depois da vida, a noite.

Cinira acorda de sobressalto. Demora um pouco para entender o que os macabros contrarregras acabaram de fazer no provável teatro. Mais uma vez, por meio de poderosas roldanas, o sol é elevado aos céus e faz nascer um inédito dia. "Meu Deus, eu não sonhei…" Cinira olha à sua volta e tenta se convencer de que aquele lugar, com uma cama, uma mesa, uma poltrona, duas cadeiras, um banheiro e um imenso teto de vidro faz parte do seu mundo sempre tão simples e real. Um pequeno armário com duas cuecas, duas calças e duas camisas iguais são provas concretas de que ela não enlouqueceu. Cobertas, toalhas, fronhas e travesseiros grifam o realismo. Mas a porta está aberta e o príncipe já não está ao seu lado. Descobre-se nua e leva outro pequeno susto. Veste a roupa com urgência, mas interrompe eventualmente seus gestos, como que fazendo uma pausa para compreender. O quê? O sonho, a descoberta, o amor, o homem, o sexo que ainda deixa no ar seu perfume inconfundível?

Investigando se a vida é realmente real, Cinira sai do quarto como se estivesse pisando em ovos e começa a descer a escada em direção à sala. Ouve vozes, sorrisos, e, apesar de não conseguir identificar a outra voz que contracena com Agenor, fica óbvia a sequência.

Quando chega à sala, fica hirta, logo na entrada do recinto. Ainda não é percebida pelo pai e pelo filho, que conversam tranquilamente enquanto se refestelam com um lauto banquete; um café da manhã poucas vezes visto por Cinira. Agenor, há muito, tinha perdido o hábito de preparar, ele mesmo, o desjejum matinal.

Pasma. Cinira continua completamente pasma com a cena. Agenor e o fantasma estão bebendo uma jarra de suco de laranja e, ao que parece, rindo muito *da* e *para* a vida. Os ovos mexidos ainda estão fumegantes. O mel brilha. A manteiga derrete no pão. O presunto está quase vivo. O queijo muge. O sol abraça. Os homens falam e sorriem. Agenor, ainda mastigando uma metade de pão com manteiga, se esquece momentaneamente de sua educação e fala com a boca cheia: "Cinira, você está aí? Não tinha notado, por que você está parada feito um poste, criatura? Venha aqui tomar café da manhã com a gente. Quero te apresentar meu filho." É a primeira vez que ela vê o patrão falando e cuspindo comida. As coisas atingem um grau de estranheza que leva Cinira a acreditar que tudo não passa de um sonho. Os homens olham para ela e sorriem. O que significa isso? O filho não está morto? Cinira vai se aproximando da mesa, e o mundo parece acontecer em câmera lenta. Ainda está muito atordoada por causa da forte ressaca e da noite anterior, a cabeça dói e, à custa de muito esforço, a mulher consegue chegar até a mesa. O filho puxa a cadeira para que Cinira se sente, e Agenor, cavalheiro, aponta para o assento. "Junte-se aos bons", diz um Agenor jocoso e elegante. A bela está visivelmente assustada. Agenor enche o copo da empregada de suco de laranja e propõe um brinde: "À vida!", tim-tim. Os homens terminam com o suco, enquanto a mulata, ainda boquiaberta, dá um gole tímido, um golinho de nada. Permanece muda e em dúvida.

— Cinira, Cinira… não precisa ficar com essa cara, calma. Você sempre foi minha fiel escudeira, minha luz. E, mais uma vez, salvou alguém de cometer um ato de extremo mau gosto. Primeiro a mim, você lembra, a história que eu te contei do suicídio? Era verdade. Se você não tocasse a campainha naquela famigerada hora para pedir um emprego, eu realmente tinha dado um tiro na cabeça. E agora, salva meu filho. Suicídio, assassinato… Você é uma salvadora nata. A morte é uma coisa tão cafona… além do quê, ela não existe. Para mim só existe o movimento. Quando o corpo "morre", o movimento continua, não é fantástico? A matéria se transforma constantemente, sem parar. O movimento não termina nunca. Portanto, a morte não existe. A liberdade, sim, essa existe e é maravilhosa! Liberdade é transformação! Acho que sim… Eu já disse ao meu filho, nunca compreendi a vida, apesar de muito esforço. Mas a transformação, a liberdade, o não sofrimento e o desapego talvez sempre tenham me interessado. Sofremos demais. Desejamos demais. Sempre estamos frustrados, incompletos… Quer que eu faça um sanduíche de queijo e presunto para você, Cinira? Não gostou do suco? Serve um pouco de café com leite para ela, filho.

Agenor prepara o sanduíche para Cinira, enquanto seu filho enche a xícara da mulher. Agenor dá uma pausa no longo discurso para limpar a boca com o guardanapo. Os movimentos cotidianos provocam em Cinira um estranhamento ainda maior. Agenor comenta sobre o pouco sal que devemos ingerir para não prejudicar a saúde, o que explica o gosto insosso dos ovos mexidos. "Melhor assim, sem sal nenhum, cada um coloca a quantidade que quiser. Quanto menos, melhor." Cinira concorda com um leve e autômato meneio de cabeça.

— Pois então, minha querida Cinira, como você pode ver, meu filho não está morto. E, segundo minha pífia teoria, nunca estará. Isso mesmo, eu menti para você. Ele me contou o que aconteceu entre vocês na noite passada... pois é... ele me disse que acordou muito feliz, mas ficou um pouco assustado com tudo, natural... não sabia ao certo se tinha vivido tudo aquilo ou sonhado... quase poético... quando ele acordou abraçado a você, a primeira imagem que lhe veio à cabeça foi de uma jangada. É curioso, você não acha? Ele me disse que sabia que você era uma mulher, coisas da natureza... e, quando ele viu a porta aberta, a primeira reação foi sair, claro. Me procurar, me contar, perguntar coisas... sair.

Enquanto Agenor fala, seu filho e Cinira se olham como se tivessem vindo de planetas diferentes. Não conseguem dizer absolutamente nada. A total intimidade da noite anterior sumiu do olhar da mulher e do recém-liberto.

Agenor prossegue com o discurso, parece recuperar um pouco da jovialidade.

– Meu pai criava canário belga. Canário belga não é nativo do nosso país, ou seja, não existe na natureza. Uma vez, escondido do meu pai, soltei um canário e fingi que ele tinha fugido da gaiola. Meu pai disse: "Coitado, vai ser facilmente devorado por algum gato. Não vai conseguir comer, vai enfraquecer e vai ser devorado por algum gato. Ele não sabe viver fora da gaiola, entendeu, meu filho? Olha para mim, meu filho, entendeu?"

"Gostou da metáfora, Cinira? Da fábula? Da relação entre o meu filho e o canário? Deu para entender ou quer que eu seja mais claro? Você acha que fez um bem ao meu filho?! Calma, calma, Cinira, eu não quis gritar com você. Desculpe, o momento é de celebração, não de ódio, vingança ou rancor, é de celebração! Agora, veja só, meu filho quer conhecer o mundo, a vida, as pessoas... Como o príncipe Segismundo, ele certamente cometeria e sofreria ações altamente condenáveis ao experimentar o poder da vida, você não acha, Cinira? Mas eu vou dar para ele uma coisa muito melhor: a liberdade.

E agora, que tal esquecer o dramaturgo espanhol e terminar esta história com uma imitação porca do bardo inglês? Vamos matar todo mundo? Ou melhor: libertar todo mundo? Não é engraçado? Termina logo o seu suco. O que foi, Cinira, você não está se sentindo bem? Não se preocupe, daqui a pouco tempo, todos nós estaremos livres. Uma fórmula que eu fabriquei há muitos anos com dedicação e paciência foi misturada a esse suco amarelo como o sol, e nos tornará livres para sempre. Para falar o português bem claro para você, Cinira, nós estamos envenenados. Saúde!

O pavor baixa a temperatura do corpo da empregada, que começa a tremer vertiginosamente e ainda pode ver, com os olhos embaçados pelo medo e pelo veneno, Agenor e o filho babando uma espuma branca, lutando para respirar. Antes de perder os sentidos, ainda tem tempo de ligar para Jurandyr.

O cenário é quase o mesmo.

Com a ajuda do vento, os odores antigos que afligiam o casarão foram expulsos pelo casal Cinira e Jurandyr – menos os cupins. Jurandyr, seu homem, seu marido, seu salvador. Foi um lindo casamento. O vestido de noiva, branco, guardado como peça rara de reserva técnica de museu, finalmente foi banhado pela bênção-de-deus, dos homens e do querido padre José.

Mulheres desconhecidas, acompanhadas de seus filhos, assistiram atentas e embevecidas ao sermão, na primeira fila – a suspeita estava no ar. Dona Veva, a quituteira, deu um show, e, em homenagem a Moacyr, o abacaxi espetado por palitos de dentes carregados por uma azeitona recheada com pimentão vermelho, uma rodela de salsicha e um ovinho de codorna foi exibido à mesa com o merecido destaque. Dona Veva também havia se casado. Com Souza, o dono da pastelaria, que, além de ter aprendido a linguagem dos surdos-mudos, tinha perdido quarenta e cinco quilos devido a uma cirurgia de redução de estômago. Jurandyr passou a ser o "menino passarinho com vontade de voar". E não é que voou bem? Principalmente na noite de núpcias. "Vai voar bem assim lá na casa do chapéu", disse Cinira à amiga Otília, que havia ficado rica fazendo previsões, inclusive, pela internet. Era a preferida das subcelebridades. Otília jurou à Cinira que, além dos convidados, três espíritos que se apresentavam com o nome de Alencar (médico), Viviana (babá) e Nelson (dono de bar) estavam presentes à cerimônia. "Tomara que eles sejam do bem", comentou Cinira, sem valorizar muito o fato.

A mãe de Cinira, morta pela doença que a consumia, não apareceu nem em espírito. Preferiu o conforto do céu. Mas como mãe é mãe, mesmo depois de morta, sua voz característica – pelo menos aos ouvidos de Cinira – viajou pelos mundos até chegar aos ouvidos da filha: "Deus te abençoe, menina." Das lágrimas de felicidade que benziam seu adorado vestido, pelo menos três eram para a mãe. Ninguém precisou saber.

A festa foi no Salão Nordestino, mas, dessa vez, a família toda de Jurandyr estava reunida, menos os pais já falecidos, Moacyr, Aldayr e Cleonyr, mortos pela polícia. Para a felicidade de todos, Anayr estava casada e grávida do irmão gêmeo de Cleto, Celto; este, por sua vez, como nos melhores folhetins, era diametralmente oposto ao irmão; era um alegre existencial, hiperativo, mas sofria de déficit de atenção. A lua de mel numa colônia de férias da Associação Cristã de Moços, da qual Jurandyr era sócio, em uma praia próxima à capital, foi de uma belezura de dar gosto, segundo as palavras do consorte.

Pensão do Agenor era o nome que estava pintado em uma placa rodeada de leds coloridos colocada no grande portão de ferro da entrada. O casarão, outrora sombrio e triste, agora servia de moradia barata para viajantes, estudantes e trabalhadores. Cores fortes foram usadas nas paredes externas e internas. Janelas, já bastante grandes, foram aumentadas, permitindo assim uma excelente entrada de luz solar. Os móveis, todos trocados. Os livros, doados. Alguns talheres, pratos, toalhas e materiais mais nobres eram usados em ocasiões especiais. E o quarto que pertencia ao filho do patrão virou um depósito para material de limpeza e outros mantimentos da pensão.

Algum dramaturgo não muito criativo ou até mesmo um escriba desastrado poderia supor que os corpos do pai e do filho estariam emparedados em algum lugar do, agora, coloridíssimo casarão. Talvez isso não fizesse parte do perfil dos personagens Cinira e Jurandyr, ou talvez sim. O fato é que isso nunca foi esclarecido. Mas, como a falta de parentes e amigos era uma marca sólida na vida de Agenor, não houve maiores problemas em abrir o estabelecimento clandestino e pagar um bom suborno aos valorosos fiscais, que, volta e meia, vinham fazer sua visita habitual. Aos pouquíssimos clientes que restaram, a empregada limitava-se a dizer que o patrão havia falecido devido a um enfarte fulminante, e, em testamento, pedira para ser cremado com a presença apenas de um padre e de ninguém mais. Teve o cuidado de mandar devolver todos os documentos aos clientes, sem que eles precisassem passar por lá. A vida estava boa e produtiva para os enamorados.

Antonio, filho de Cinira, era uma inevitável homenagem a Santo Antônio, e brincava feliz e saudável pelos grandes jardins do casarão.

... É possível.

É possível que eu esteja vendo uma cortina vermelha, de veludo, pesada, se fechando perante meus olhos de espectador; e que o espectador seja o inventor, o ouvinte da própria memória e de muitas outras.

O tempo, aprisionado no cheiro desse vento, me mostra que o fantasma do velho que me olhava do alto da torre talvez ainda exista. Aquele que moldou o tempo de meu pai, homem de sonhos, de inocência, e que beijou minha mãe, sua primeira e única mulher. A mulher do corpo, alegre de vida. E de paixões ignorantes e práticas. A mulher do prazer. É possível.

Palavras da infância. Paisagens, cores, histórias, cenários, cheiros. O casarão com seus muitos cômodos imensos. Com seu pé direito assombrosamente alto, majestoso, com ares de castelo. Uma ilha incrustada no meio de uma vizinhança pacata e silenciosa. De interior.

Casarão... e a imagem do velho na torre, olhos vazios a me vigiar enquanto eu corria no imenso jardim. O velho que reconhecia meus músculos e percebia tardiamente, com sua inteligência mais primária, que a vida sempre vence... através da insistência e do verbo retirado de alguma gaveta. Palavras roubadas, distorcidas, inéditas, originais, pessoais... investigam coisas úteis ou inúteis. E alimentam o movimento, o alumbramento e a vida. A profecia de Otília se concretizou: Antonio tinha realmente olhos azuis.

PARTE DO

"… ainda que só diante do louco tenha experimentado a sensação de eternidade. Nele não encontramos a falta. Nos parece excessivo, movendo-se noutra espécie de vibração. Junto dele estamos sós. Não sabendo situá-lo fica-se em dúvida: onde se acha a solidão? O louco é divino, na minha tentativa fraca e angustiante de compreensão. É eterno…"

MAURA LOPES CANÇADO

Antonio, juntamente com seus recentes trinta e três anos de idade, amanhece com a sensação de ter perdido alguma coisa.

Acordar.

Descabelado, contém um resquício de gel do dia anterior (não é raro dormir sem tomar banho). Seus olhos avermelhados denunciam a alergia que o contato com a fronha infestada de pomada capilar lhe causa. Levantar da cama é sempre uma espécie de rito de passagem sofrido e interminável, principalmente quando luta para juntar saliva e engolir o que parece ser uma caixa de papelão confeccionada pela garganta seca, resultado da garrafa inteira de conhaque. Estica o corpo e ouve o recado desaforado de ossos que nunca acordam acompanhados. Nunca. Dormir, para ele, é um ato absolutamente secreto e solitário. Não admite nenhum tipo de vulnerabilidade, e dormir, para ele, é de uma vulnerabilidade quase violenta. Dormir é ter o corpo agindo sem controle e revelando alguma verdade não permitida, inadmissível. Nunca. Nenhuma mulher jamais olhou para o seu sono, para o seu sonho, para o seu abandono. A verdade, preciosa demais para ser entregue a qualquer um, é escamoteada pelo comportamento inventado. Acordar. Ficar por um tempo sentado na cama olhando para a parede até dissolvê-la com seus pensamentos matutinos, normalmente banais e fugidios, antes de levantar-se autômato, querendo se aquecer para o dia. No espelho do banheiro, faz poses, observa o desenho do abdômen riscado em academia barata; em seguida, apalpa seu sexo e fica olhando para ele por um tempo mais do que suficiente;

admira-o. Usa-o diariamente; sozinho, em dupla ou em trinca. Ele e mais duas. Ele e mais uma. Ele.

Joga uma água no rosto, escova alguns dentes e dá a costumeira volta pelo minúsculo apartamento, nu, para em seguida, voltar ao banheiro e completar a higiene corporal sempre de maneira rápida e precária. Lembra-se, por acaso, do cotonete e sente um imenso e inexplicável prazer ao ver o flexível acessório empapado de cera ocre. Ele gosta de cheirar seus gases, seus fluidos e o resultado marrom da digestão. Gosta das nuances dos seus odores corpóreos, relacionando a comida e a bebida com os cheiros emanados pelo corpo. Cultiva uma escatologia infantil sem a menor cerimônia; de preferência, quando em companhia de seus amigos de boteco. Flatulência proposital acompanhada por sua estridente trilha sonora e um mau cheiro do décimo círculo do inferno o fazem gargalhar. Gosta de tudo que é seu. Dar uma volta nu pelo apartamento parece ser mais do que uma necessidade, parece ser uma mania, uma simpatia, uma mandinga ou uma ancestral demarcação de território. São comuns as atitudes físicas sem o estímulo ou a justificativa de alguma lógica conhecida. Felizmente não tem o costume diário – felizmente é raro – de mijar nos cantos das paredes para demarcar a área feito um macho alfa de cubículo construído num distante bairro de periferia. As diaristas que, uma vez por mês, limpam o apartamento nunca conseguiram entender o cheiro de urina que baila pelo exíguo quarto e sala, apenas cumprem a obrigação de limpar e, eventualmente, desempenhar o papel de descarga sexual para o sempre pronto Antonio.

Sua minúscula moradia nunca mereceu uma descrição detalhada. 43m². Branca. Poucos móveis. TV para o noticiário e filmes de ação. Gosta de ver o National Geographic para se deliciar com leões dilacerando gazelas, e de ver a matilha de cães selvagens arrancando grandes nacos de carne da parte posterior da coxa de um cervo quando ainda vivo. Cozinha. Óleo. Fogão para o ovo frito. Geladeira. Só. Mas é próprio. Quarto, sala, cozinha, banheiro. A única peça que merece seu cuidado e admiração é uma espada, pendurada na parede acima do sofá vermelho de dois lugares, puído de sexo, fabricada em Toledo, com as figuras de Dom Quixote e Sancho Pança esculpidas no copo. Só.

Galã desde que nasceu, tem no olhar azul, no sorriso e no corpo moreno de um e oitenta e dois o material mais do que necessário para ser a inesgotável fonte de alegria e prazer do sexo mais do que oposto. Apesar do cheiro (uma mistura de cavalo suado com cachorro molhado), tem total facilidade com as mulheres; basta estar e olhar. A Toca do Monstro, apelido do seu cubículo, é quase que diariamente povoada por beldades, de preferência falsas loiras de ancas largas. É de uma obviedade brutal em relação às vítimas: bundão, coxão, bocão; nessa ordem. A prioridade erótica é o bundão. Tem que ter bundão, senão, nada feito. Impossível! "Foda-se o peito! Sem um belo rabo, cara, não sobe, não tem jeito…", costuma dizer aos amigos quando de folga no boteco se afogando em baldes de conhaque com bíter, o vício primeiro, seguido pela "farinha", pela "erva" e pelo "bastão", mais conhecido como cigarro. Não vê problema algum em pagar, eventualmente, por sexo quando o orçamento permite. Ama as profissionais tanto quanto as amadoras.

"O meu distintivo! É isso! Onde que eu coloquei a porra do meu distintivo?!" O primeiro lugar a ser vasculhado é o baú. Um baú, clássico como nos filmes de piratas, guarda quinquilharias, munição, armas, drogas e provavelmente o distintivo perdido, que, para seu desespero, sabe nunca guardar ali. Não acha. No Maverick V8 vermelho duas portas, o amado e dinossáurico carro, vulgo ímã de boceta, também não. Tenta refazer mentalmente o mais recente trajeto. Sempre teve uma memória prodigiosa, e a relativa juventude não justifica o esquecimento. Talvez o estresse com a investigação do um-sete-um que se faz passar por várias pessoas esteja afetando sua memória. Lembra-se perfeitamente de, quando criança, ter esmagado um pintinho, pisoteando-o até a morte, na granja do padrinho. Queria desmontar o bicho para ver como funcionava. Queria ver como funcionava a vida por dentro. Soube disso depois. Adulto. Tomou consciência do ato através do corpo todo, pensando pela pele. Criança. Tinha seis anos e um dia. Lembra-se perfeitamente da sensação, do tempo, das tripas espalhadas, do vento, do cheiro. Lembra em detalhes o desenho do sangue. Mas não lembra onde deixou o distintivo. Estranho, as investigações costumam acordar seu cérebro, não adormecê-lo. Não é comum esquecer. Coisas da vida, do tempo... talvez. É bem verdade que o caso não tem nada de novo; pelo contrário, já resolveu outros mistérios semelhantes. Seguir o rastro deixado por esse tipo de meliante não é tão difícil assim, mas o fato é que já estava investigando o caso por um tempo além do habitual; José, o falsário, é bom. Não rouba nada além de identidades. De mulheres. Talvez seja um maníaco inofensivo, alguém que quer apenas se divertir, mas, nos últimos tempos, José (ninguém sabe ao certo se esse é o nome verdadeiro) passou a ampliar os objetos de sua pilhagem: cartões de crédito, passaportes, diários, senhas e almas. Almas. Cansativo e desinteressante. Antonio sempre teve aversão por qualquer tipo de misticismo, magia, religião e afins. Descobriu-se que, além de falsário, José fazia um tipo de magia negra capaz de roubar a alma da vítima. Deixou pistas, bilhetes, objetos. Como todo meliante, queria ser descoberto. Bonecos com a foto da vítima colada no rosto, acompanhados por um pequeno espelho, eram sempre encontrados na cena do crime, dentro de uma caixa com o seguinte bilhete: "Sou o dono da tua alma." Antonio boceja. "Não tenho saco para esse tipo de palhaçada; vá roubar a alma dos outros na casa do caralho!", pensa novamente depois do décimo boneco amaldiçoado achado na casa de Maria, a vítima que iria mexer com o nosso investigador e dar um rumo diferente à história.

Pelo caminho, enquanto dirige seu "Mavera" vermelho em direção à casa de Maria, pensa em como seria bom tirar umas férias, viajar para a praia, alugar uma casinha de pescador e se acabar nos seus vícios, na companhia de alguma deusa-égua. A última vez que fez isso, muitos anos atrás, experimentou o céu e o inferno com um prazer delirante e calmo. *Delirante* e *calmo*. Antonio é capaz de juntar água e fogo com um talento inexplicável. Estudou apenas o suficiente para ser policial civil, mas é um homem disponível, completamente permeável à vida. Improvisa. Pensa com as tripas. Não é culto, mas tem uma inteligência de mil demônios. "Passei com 10 na universidade da vida", gaba-se. Sente-se estranhamente feliz.

A pequena casa geminada de dois andares se aproxima. Olha no retrovisor para conferir o penteado repleto de gel. Fica satisfeito. Antonio confere o endereço. É a casa de Maria, a vítima. Estaciona o carro, desce com seus óculos escuros modelo aviador, que tomou de um viciado, tranca, confere mil vezes se trancou o carro de fato, olha ao redor para deixar claro ao mundo que é um investigador, arruma a frente da camisa de mangas curtas para dentro das calças e vai até a casa. Toca a campainha. Olha para a porta. O mundo, por um momento, abafa qualquer possibilidade de movimento; simplesmente estanca e observa um homem parado em frente a uma porta. Depois do hiato, a porta abre sem antes ter revelado o som de passos. A vítima atende e rabisca um sorriso. A cena clássica do investigador mostrando seu distintivo é suprimida. Antonio diz quem é, dá uma rápida explicação e Maria acredita. "Maria dos Remédios, prazer. Entra, por favor." "Antonio dos Prazeres." Aperto de mãos. Maria sente a força, o tamanho, a lixa, e... gosta. Mostra que gosta por causa dos segundos gastos com um tímido olhar e com um leve rubor. Antonio percebe. Sentem-se abençoados pela compreensão imediata da vida.

Maria, longe do estereótipo preestabelecido por Antonio, é portadora de um corpo mignon bem equilibrado entre o delicado e o curtido, branca, uma calma explosão, mas bem torneada, e com um rosto entalhado pelos deuses. Seios que cabem na palma da mão, conforme a medida popularesca e masculina estabelecida no mundo, são de uma violenta promessa. Cabelos negros que chegam até a cintura, fios grossos, bons de dominar, perfeitos para mostrar o caminho do grito e do gozo. Dona de uma timidez brutal e de uma voz quase máscula de tão grave, encanta, principalmente, pela força inexplicável dos olhos negros como o início de algum tempo. Parecem uma construção feita à parte do corpo. Os deuses, responsáveis por sua concepção, querem confundir a cabeça do viril e sempre pronto Antonio. E conseguem. Enquanto interroga a bela com perguntas técnicas, o corpo, impregnado por seu cheiro muito pouco convidativo, chama a atenção da entidade. "Eu gosto desse seu cheiro", diz Maria, interrompendo a lista de coisas roubadas que está relatando. Antonio, que anota tudo com uma letra que parece não ser mais sua, faz uma pausa dramática.

— Posso fumar aqui?

— Antonio... pode, Antonio. Eu gosto do seu cheiro.

Não seria correto, nem ético, nem saudável "cair dentro" da vítima. Mas, como Antonio não é correto, nem ético, nem saudável... tira o bastão do maço, faz a chama sair alta do seu Zippo – que veio junto com os óculos –, mas não acende o amiguinho da morte. Num rompante, joga o cigarro fora, agarra Maria pelos cabelos da nuca e ordena que abra a boca. Ela obedece, ofegante, com olhos de santa louca. Um rouba o ar do outro de tão próximas as bocas abertas, ensaiando um sorriso pequeno de todos os demônios. Antonio olha para dentro de Maria, a língua, as obturações, a garganta; parece hipnotizado pelas entranhas vermelhas e molhadas. "Bota a língua pra fora!", ordena, com uma legião de bestas na voz. Mais uma vez, a santa e seu avesso obedecem. A língua aparece comprida, sinuosa e provocante. O sibilo mudo e o mau gênio abençoam o encontro venenoso. No sofá da casa da vítima, o sexo de Maria é domado pelos dedos, pelos dentes, pelo fálus.

Finalmente o Zippo trabalha. Fim da oleosa guerra. Bastão na boca. Fumaça. Dois corpos nus sentados no sofá agora emporcalhado, cabelos e sangue tinto de marrom mostram de maneira didática que a sodomia e uma correta violência visitaram o lugar. Cada um em uma ponta, separados por um não querer depois do quase martírio. Olhar ofegante para o nada. Vestem suas roupas sem a mínima vontade. Antonio continua com o informal interrogatório, como se o sexo recém-abençoado jamais tivesse acontecido. Entre as coisas narradas por Maria – auxiliar de enfermagem por falta de oportunidade de realizar o sonho de ser veterinária –, um fato chamou a atenção do investigador. Não o fato em si, mas a maneira como Maria contou a história; parecia impressionada. No dia anterior ao sumiço de todos os seus cartões, um homem apareceu no hospital com um corte profundo na barriga, provocado pelo ataque de um ser de outro planeta. Maria contou que o homem descrevia o alienígena em detalhes, com um sorriso entre o cinismo e a infantilidade, mas passava muita verdade durante a narrativa. Segundo o rapaz, que devia ter uns vinte e poucos anos, o corte tinha sido feito com o intuito de implantar um chip.

– Pois é... esse pessoal não pode ver um humano que já quer implantar um chipzinho nele, impressionante...

– Impressionante... Antonio, eu vou te amar para sempre, além da vida. Para sempre.

Antonio tem um momento de não reação, simplesmente deixa que alguns segundos passem. E Dos Remédios e Dos Prazeres sorriem, cúmplices, cinematográficos. Querem se beijar na despedida. O homem sai da casa de Maria impressionadíssimo com a repentina confissão, mas algo dentro dele diz que aquelas palavras prematuras e intempestivas são verdadeiras. Mulheres... um punhado de respostas, o boneco da vítima e uma arma dolorida de tanto trabalho.

Dentro do Maverick vermelho, o homem resiste à obrigação imposta por ele mesmo da visita à sua louca mãe. Sanatório Charcot. Lembrança. Infância. Muito cedo, nosso investigador perdeu o pai. História nebulosa, envolta em mistério, jamais soube, de fato, como era ele. A mãe nunca entrou em detalhes sobre o suposto falecido, evitava ao máximo falar sobre o dito-cujo. Dizia apenas que era um bom homem e de uma pureza jamais vista, mas que a vida era assim mesmo, não tinha explicação. Não seria tão difícil para ele descobrir o paradeiro do pai, mas toda essa história nunca passou de uma leve curiosidade, e em momento algum mereceu um esforço maior. Lembrava somente do ignorante do seu padrasto, que pouco ficava em casa e os abandonara, deixando sua mãe tomando conta sozinha do antigo casarão da família, que sempre o assombrou quando criança. Tinha um medo inexplicável das paredes, que costumavam atormentá-lo através de pesadelos horríveis; as paredes falavam, gritavam; vozes satânicas ecoavam pelos cômodos até que o engoliam por completo. Paredes. O tempo, implacável com os inábeis, fez a mãe perder tudo: casarão, herança, tudo. Costurar para fora, fazer coxinhas e enlouquecer foi a narrativa dominante. Agora, Sanatório Charcot. O investigador que assombrava os ossos de Antonio não lhe deixava uma alternativa a não ser a adrenalina, a surpresa, o espanto e alguma culpa. Sanatório. Mãe.

A mulher sai do pequeno banheiro enxugando as mãos, dá um beijo na testa do filho, plantado no centro do quarto, e desata a falar como se ainda morassem juntos.

– O presidente acabou de sair daqui. Você não viu? Ele estava dançando comigo.

– Vi.

– Falou com ele?

– Falei.

– Você está bem?

– Estou bem, sim, mãe.

– Você está se protegendo do tiroteio? O alarme toca quase todos os dias. A ponte foi derrubada outra vez, não podemos voltar para casa. Consegui umas batatas para comer. Os traficantes são sempre muito gentis. Eles estão na nossa casa, sabia? Invadiram a nossa casa. Dormem e comem lá. São tão gentis. Só que, um dia, eu disse umas coisas feias e um deles me apontou o fuzil. Acho que ia atirar. O outro, mais velho, não deixou. E sorriu. Mas o mais jovem não sorriu, ficou puto. O mais velho encheu a caneca de café e tomou. Sério. E depois sorriu outra vez, parecia que estava se lembrando de alguma coisa... acho que ele se lembrou do que eu disse... pode ser que tenha se lembrado da mãe dele... Seu pai continua escondido. Tenho que levar comida pra ele, mas tenho medo. Se os caras da milícia me pegam... se os bandidos me pegam... não sei, meu filho... tô com medo... teu pai continua magro... tão maaagro... você está bem?

– Estou bem, sim, mãe, já falei.

– Tá forte, hein... não tenho muito medo das granadas, as metralhadoras me assustam mais. O barulho da munição traçante me assusta... os tiros, meu filho... sabia que tua tia saiu de noite pra dormir no mato e deitou bem em cima da merda de cachorro? O cabelo ficou todo empapado. Tudo escuro, as sirenes começaram a tocar. Eles foram para o mato, teu tio e a tua tia... depois eles começaram a rir porque ela deitou em cima da merda. Tapando a boca, claro! Rindo e tapando a boca, assim, ó, sem fazer barulho... saudades do Salão... de dançar...

– Eu sei, eu sei, mãe.

– Fiquei feliz quando você nasceu. Teu avô não era mau. Ele era louco. Não era mau... e teu pai... eu levava comida pra ele. Eu que levava... quem disse que ele morreu envenenado? Não...

– Eu sei, eu sei...

– Só que você ainda não nasceu, sabia? Eu sei o que eu estou falando. Não sou maluca, não. Você ainda não sabe. Eu disse que você ainda não nasceu, por isso. Entendeu?

– Entendi, sim, mãe.

– E a sua esposa?

– Que esposa, mãe?

– Você não se casou?

– Não.

– Não?!?!?

– Não. Eu nunca me casei.

– Hummm...

– A senhora está dormindo melhor?

– E essa mulher que você conheceu hoje?

– Como é que a senhora sabe?

– Mãe sempre sabe.

– Ela falou que vai me amar para sempre. Assim, do nada…
(diz, reflexivo, quase que para si mesmo).

– Do nada? É a sua esposa, ué!

– Eu não casei.

– Você está fedendo a mulher. Quando foi o casamento?

Antonio fica olhando para a mãe enquanto ela fala sobre as
delícias e os dissabores da união matrimonial, e não pode evitar
a lembrança. *Maria*. O nome. O cheiro que o tempo e a mistura
transformam em fedor, e a dor que mais parece uma queimação
nos genitais o remetem ao sofá, à pequena guerra. Voltará à casa
de Maria assim que sair do mundo encantado do sanatório,
deixando para trás a mãe, a milícia, os tiros e o louco himeneu.

– Entendeu, meu filho?

– Entendi, mãe.

Antonio não sai do quarto. Dá um beijo na testa da mãe e
sente uma exaustão tomando conta de todas as suas carnes. Um
leve sorriso, sem razão de ser, toma de assalto uma boca viciada
em beijos. Fecha os olhos cheios de pequenos sorrisos. Começa
a respirar lentamente, com prazer. Olhos fechados, de pé, no
centro do quarto. Respiração profunda e pausada. Sorriso. Não
ouve mais a mãe. Um quarto no meio do mundo. Giratório.
Um quarto de dimensões inexatas, flexíveis. Um cômodo com
uma cama branca e macia e cálida e envolvente e grande. Eterna
cama de repouso e entrega. Deita-se no abraço do leito. A cama
é suficiente no mundo, paredes, não. O quarto já não tem mais
cabimento, quanto mais existência… apenas leito e repouso.
Apenas mundo e azul. Calmaria… o sono chegando… o cheiro
bom da fronha recém-lavada. Lençóis limpos. Brisa fabricada
pela palavra. Um perfume delicado de limpeza. Cama toda
branca acolhendo um corpo exausto e risonho, respirando
ao ritmo inconsciente de uma meditação não premeditada.
O pensamento informa que a história caminha muito rápido.

Antonio tenta ordenar o pensamento recente. "Acordei com os olhos irritados por causa do gel, lavei alguma coisa no meu corpo, andei pelo meu apartamento, angustiado, mijei num canto, esqueci alguma coisa, olhei no espelho do meu abdômen, não, olhei no espelho o meu abdômen e admirei meus músculos. Esqueci. Onde deixei meu distintivo? Procurei dentro do Maverick. Que é vermelho. Fui atrás do marginal. Qual o nome dele? Conheci Maria. Quase acendi o cigarro. José, o nome do falsário deve ser José. Conheci Maria. José rouba almas. Que ridículo. Olhei dentro, olhei fundo dentro da boca de Maria, caverna pulsante, vermelha, aquosa, vapor dos infernos. Puxei o cabelo. Fiz o que eu sempre faço. Fumei. Fui visitar minha mãe no Charcot… aqui…"

Antonio, antes de adormecer, tateia os bolsos para ver se acha a foto de Maria, a boneca com o pequeno espelho e o bilhete: *sou o dono da tua alma*. Não encontra nada. Começa a sonhar… ele e seu pai arremessam iscas artificiais no meio do rio. Antonio vê o rebojo de um peixe e mostra a localização ao pai. Os dois arremessam as iscas, mas é Antonio quem fisga. O pai começa a morrer.

O investigador sonha com frequência, e muito. Sinal de sanidade, dizem alguns. Sanidade. A imagem vulgar de *sonhar acordado* também faz parte do repertório de Antonio. Imagina bobagens, banalidades… Falar inglês fluentemente… *fluenteli*… não ter mais que se preocupar com dinheiro… ganhar na mega… pensamentos que fazem um contraponto importante na sua vida "grandiosa" e cheia de adrenalina. Tiros, incursões, investigações particulares, bicos, tramoias, achaques, subornos, falcatruas e até um número razoável de boas ações.

Os pensamentos, por vontade própria, dormem no início da noite. Sonhos desenham novas paisagens pelo corpo cansado. Leito escuro. Lençóis brancos que somem aos poucos deixando espaço apenas para o sonho. "Só que você ainda não nasceu, sabia? Eu sei o que eu estou falando. Não sou maluca, não. Você ainda não sabe. Eu disse que você ainda não nasceu, por isso. Entendeu?", palavras da mãe, invadindo o sonho... Antonio é uma legião, pode ser demônio ou anjo... humano ainda não inventado e nascido... sonho... está voando, os gestos são de uma pessoa que nada estilo peito, mas em vez de água, ar... nadando no ar, exibe seu poder para o mundo e sente-se feliz... as pessoas ficam admiradas com o homem que voa... não existe heroísmo, apenas voo... inventando seu espaço, o homem permanece eterno na palavra... eterno sem ser amaldiçoado como um vampiro, eterno por voar... sem heroísmo... com paletó e gravata, com jeans e camiseta e tênis e boné e nu e... voando... sendo mundo, sendo tudo com uma tranquilidade ingênua e perene... Antonio é mundo... tranquilo, forte e *naif*... Antonio é mundo...

Acordei sendo outra voz.

O combinado é que seria o dia seguinte.

Amanheci com a sensação de ter perdido alguma coisa. A chave do carro! Todos os cantos de todos os espaços foram vasculhados repetidas vezes. A chave do meu amado carro simplesmente evaporou.

A alergia nos olhos está presente, nada que resista a uma boa enxaguada fria. Olho no espelho do banheiro e não tenho opinião nenhuma a meu respeito, será um dia bom. Normalmente, quando permito que o mundo faça o juízo que bem entender sobre a minha nem tão nobre pessoa, o dia costuma ser proveitoso e leve. Será um dia inspirado para continuar com minhas anotações, mais para revisar do que para criar. Sempre precisei de uma porção generosa de loucura para poder ouvir as vozes dos deuses e criar.

Oscilando inconsciente como todos os reles mortais entre Aquiles e Ulisses, minhas palavras, absurdamente mais pobres, vão da ação ao ardil com um repertório superficial e contemporâneo. Não existe, da minha parte, um juízo de valores para *superficial* e *contemporâneo*, minha presunção tem limites e minha capacidade de gostar, provocar e admirar continua imensa.

Volto ao quarto e vejo a mulher, inerte como naquele filme de Almodóvar. Penso que o sono se recusa ao abandono, mas, assim que me dou conta da vida de uma maneira mais decente, eu percebo, sem muita surpresa, pois o fato já é anunciado, a ausência total de movimento e respiração. O tempo é técnico comigo nesse momento, inteligente, permitindo que eu respire e não perca a razão me esvaindo no drama da dor que já me pertence há algum tempo. A lágrima vem mais por obrigação biológica do que pela emoção. Morte(?) Conforme o acordado, o corpo transformado deverá ser destinado ao fogo e a fazer parte definitivamente da vida. Amo a mulher, mas já há algum tempo que estou me preparando para a mudança, para aumentar seu corpo em alto-mar. Cinzas. Continuo negando o medo do desconhecido, inventando coisas para iluminar essa escuridão. Perder coisas... esquecer... cremar... talvez um desapego bom e involuntário, um esvaziamento mental que traz leveza... ser mais generoso com o ilógico, com o natural... tentar, mesmo que muito pouco e timidamente, subverter a cultura... brincar... o tempo me convoca para que eu cuide do corpo. Chamo os enfermeiros, a ambulância, as autoridades competentes e os representantes do nosso Deus. Documentos e procedimentos legais chegam quase a substituir a vida; mergulhar nesses trâmites, de maneira forçadamente objetiva, é a saída mais saudável para não sucumbir à tristeza.

Mar.

Uma traineira caindo aos pedaços, comandada por um profissional, alguém que parece ser eu, e a urna com as cinzas do corpo singram as águas abençoadas por um sol gigante e faminto. Golfinhos seguem o barco sabendo o necessário, enquanto as ondas, serenas, treinam meu equilíbrio. O cheiro é de mar. Incomparável. O vento é gentil.

Espero deixar de ver o desenho do continente, quero mar aberto, sem referências. As nuvens são respeitosas com o azul, flutuam em algum outro pedaço de céu. Acima da minha cabeça e abaixo dela, o azul e o branco das vagas esperam pelo corpo transformado. Um corpo que foi tomado pelo crescimento desordenado de células no estômago. Terei eu dado a substância letal que o velho gênio da química manipulou no passado? Meu avô? A fórmula não deixaria pistas e abreviaria o sofrimento. Ministrei a fórmula do homem que me vigiava? Meu avô?... Cometi um crime real ou imaginado? As paredes insistem em me assombrar, mas o fantasma do meu pai continua a me visitar sem nenhum resquício de terror. Suas visitas são sempre impregnadas de calma e de olhares aquecidos e melancólicos. Murmura coisas simples e sem importância, pesca comigo, sorri, acena e parte. Muitas vezes, deixo minha mão estendida para fora da cama na esperança de que ele a segure, não para me levar, e sim para reforçar a vida. Acho que meu pai tinha pele de rinoceronte, dura, áspera e indestrutível. Amor gigante, erros gigantes. Pele dura.

O barco para e peço para desligar os motores. O absoluto silêncio deixa mais claro o leve balanço das águas. O profissional continua profissional. Em minhas mãos, a urna aberta com as cinzas; estou na popa do barco para que o vento concorde com o corpo leve e o espalhe pelo mar. Começo a vertê-lo tentando uma prece com palavras que se juntam à mulher derramada, fazendo do mar e do vento a derradeira morada, mais rica, maior. Nesse momento, entendo como somos imprescindíveis, como cada gesto nosso é fundamental para a saúde do universo, como podemos destruir ou criar com uma palavra dita, mesmo que em segredo ou apenas pensada. Nosso poder é imenso. Temos total responsabilidade. O mundo sou eu, e o conceito passa muito longe de qualquer egocentrismo, nos misturamos aos nossos pensamentos, palavras, atos; nos misturamos uns aos outros e formamos Deus sem a menor cerimônia ou pudor. Tem graça o tempo que é nosso. Nós somos o tempo. Quando em raro estado natural, espontâneos como crianças, respiramos e sorrimos, muitas vezes com um motivo impensado. Espalhamos cinzas de um amor que continua.

Inventamos coisas, falamos coisas com as quais não concordamos de fato, nos confundimos em nossos atos e pensamentos porque somos obrigados a inventar a vida, e nem sempre fazemos isso com maestria. Não sabemos porra nenhuma! Resistimos desesperadamente à ideia da morte! Não sabemos porra nenhuma! O amor nos redime. O retorno é constante. O continente está à espera. Volto. Pago o profissional que conduziu o barco e sinto como a vida pode ser simples. Ele agradece, aperta minha mão e segue com seus afazeres. Fico quase feliz.

O taxista me conta histórias do seu nordeste, finjo que ouço, finjo que respondo. O carro vai pela orla. Faço a extravagância e me recuso ao ônibus. Volto.

Entro no meu lar, no meu "castelo", vou direto à minha pequena adega e escolho um Chianti Classico. Não como nada, não tenho fome. Faço o costumeiro ritual de uma boa degustação e, pouco a pouco, termino com a garrafa. Penso na mulher que conheci recentemente, mas não tenho ânimo de ligar para ela. Vou assistir a alguns episódios de *True Detective, Breaking Bad* ou rever *Os Sopranos*, a melhor série de todos os tempos? Rever *American Horror Stories* e *Game of Thrones?... House of Cards?... Doctor Who*, o *Chaves* da ficção científica, besteirol da melhor qualidade, que nos coloca superiores ao próprio tempo, que nega a morte, que resolve tudo com um passe de mágica sem nenhum sentido?... São inúmeras as séries, os vícios. Sempre amei histórias, sempre amei mulheres. E a mulher que me apaixonará ontem? Perguntas que me deixaram inerte, não conseguia acertar o tempo do verbo. Não conseguia agir, e não era uma não ação criativa, era modorrenta, chata, improdutiva. A tristeza, quando se disfarça, fica horripilante. Comecei a ver tevê e dei um upgrade no meu desejo, abrindo um Brunello di Montalcino, do Biondi Santi. Amanhã, irei procurar a mulher recente, a minha mais nova conquista. Amanhã, hoje não, hoje a vida ficou maior, do tamanho do mar, e isso normalmente me assusta.

Lembrei-me da chave reserva, mas já era tarde. Dormi.

016

"Porra! A minha carteira com todos os meus documentos...
na casa da Maria... deve ter caído do meu bolso... O que é
que está acontecendo comigo, tô ficando maluco, porra?! Deve
ser esse merda desse José. Vou quebrar esse vagabundo." Seria
uma saída dar cabo do falsário, mas, para isso, o investigador
precisaria da sua arma, que normalmente dormia ao lado dele
na mesinha de cabeceira. "Cadê a porra da minha pistola?!"
Antonio tinha acabado de acordar, respirou o mais fundo que
pôde, fez o típico gesto solitário pedindo calma a si mesmo,
espalmando as duas mãos em direção ao chão, e foi até a geladeira para abrir uma cerveja. Nunca bebia pela manhã, mas,
naqueles tempos de perdas e danos, achou que a bebida o deixaria mais relaxado para o restante do dia que prometia ser
longo; afinal, quando olhou o seu pré-histórico celular que
vibrava e tocava, leu a seguinte mensagem: "o macumbeiro
ganhou outra mulher."

Maíra... sobrenome, endereço... Percebe, no nome que
veio acompanhado de alguns dados para o início da investigação, uma incômoda semelhança com o nome da sua mais
recente paixão. Tenta relevar. Antes de investigar a nova vítima,
ele passará na casa de Maria para, possivelmente, recuperar seus
documentos e ver a reação dos dois corpos com o reencontro.
A mulher tem realmente tirado Antonio do prumo, mas isso
não serve como justificativa para perder sua pistola. Não são
seus óculos, ou outra bobagem qualquer, é a tão querida pistola.
Inacreditável! Alguém poderá tê-la roubado; esquecer a arma

no carro, nos últimos tempos, não era tão raro assim. Entra no banheiro, joga água nos olhos irritados devido ao gel seco, mas não aprecia seu abdômen e muito menos seu sexo, como é de costume. Dar uma volta nu pelo apartamento, também parte do ritual diário, é descartada; a vida está sendo alterada aos poucos, e o homem não está gostando nada desse novo rumo. Começa a sentir que está perdendo mais do que objetos. Entra debaixo do chuveiro e fecha a cortina de plástico para evitar ensopar o pequeno banheiro que, além de pouco limpo, está com o ralo entupido; e deixa a água bem quente escorrer pelo corpo por um tempo bem maior que o usual.

Vai até o possante estacionado na rua em frente ao prédio e vê que está aberto, mas sem nenhum sinal de arrombamento. Ele simplesmente esqueceu (pela primeira vez) de trancar o venerado carro cuidadosamente decorado com uma sujeira ancestral. Como a máquina dá a impressão de nunca ter sido lavada, uma grossa camada de poeira quase sumiu com o vidro traseiro que traz a seguinte inscrição, feita provavelmente com o dedo indicador do marginal: *Sou o dono da tua alma.* "Filho da puta!!!" são as palavras poéticas que Antonio grita a plenos pulmões, bem no meio da rua, chamando a atenção do gari laranja que varre um pedaço de esquina. Entra no carro e revira tudo. Sua arma sumiu. Sente os batimentos acelerando brutalmente enquanto olha para um céu irritante de tão azul. Não pede ajuda a Deus, não acredita na existência Dele, quer apenas entender o que está acontecendo com a própria vida. Não bastando os acontecimentos recentes, depois de alguns minutos acelerados de céu azul, um fato inédito vem a desenhar o dia que promete ser cada vez mais estranho. Antonio vê, no meio do azul, um objeto arredondado cruzando a infinita abóbada celeste… um disco voador. O objeto para seu movimento frenético e errático, parece ter percebido o olhar de

Antonio. A nave fica totalmente imóvel, dando a impressão de que quer ser vista em detalhes pelo investigador. Depois de alguns segundos, some. "Ah, não... vai tomar no...", nem consegue concluir o segundo grupo de palavras poéticas do dia, simplesmente tira os olhos das nuvens e volta para o seu apartamento com um andar e um ritmo que não costumam ser os seus. Abre a porta, vai direto ao sofá e larga o corpo perplexo sobre ele. "Eu vi um disco voador?! É isso mesmo, porra?!", pensa, irritado consigo mesmo. Tenta tomar fôlego, respirando pausada e profundamente antes de sair de casa pela segunda vez. Tem muito trabalho pela frente: uma palestra obrigatória (exigência da "firma") e a nova vítima que está à sua espera; ele terá que estar com as ideias um pouco mais em ordem. Resolve matar a palestra.

Gel no cabelo, camisa de mangas curtas por fora da calça jeans, botinas, óculos escuros, uma outra arma guardada no baú e um corpo mais ou menos preparado voltam ao carro. Pega uma folha de jornal, esfrega o vidro traseiro com as inscrições demoníacas, entra no Maverick, vira a chave e fica por alguns segundos acelerando o motor só para ouvir o ronco. Aquece todos os motores, o do carro e os seus. Quer acordar. Arranca, cantando os pneus. O gari da esquina olha e tenta entender.

Pelo caminho, vai se lembrando do intempestivo encontro com Maria e começa a ficar excitado. A voz, o cheiro, os olhos, o corpo, a frase surpreendente e prematura: "Eu vou te amar para sempre, além da vida", lembra-se das entranhas vermelhas e da porta do inferno... a sodomia, as mordidas, os beijos... Não conseguindo conter o desejo, parte para "fazer justiça com as próprias mãos" enquanto dirige. Sempre viril e pronto, nunca chegou a esse ponto. O fato é que a vida está se refazendo, e ele só tem uma opção: segui-la. Quando para o carro no sinal vermelho, ao lado de um ônibus quase vazio, uma mulher sentada à janela, aparentando uns dezoito anos, olha para o homem que se masturba e faz um gesto elogiando o tamanho da criatura. Antonio explode e nem se preocupa em se limpar a contento. A mulher do ônibus lambe os beiços e dá um tchau, enquanto Antonio guarda seu pedaço de corpo e continua rumo à casa de Maria, onde, provavelmente, além de achar seus documentos, fará justiça, dessa vez, a quatro mãos.

Chega. Estaciona o carro e estranha que a fachada da casa esteja pintada com uma cor completamente diferente da anterior. Branca. As duas casas vizinhas continuam absolutamente iguais, os números são os mesmos, tudo igual, menos a cor da casa de Maria. Por um momento, sente-se perdido, confuso. Nada mais natural para alguém que vem passando por momentos incomuns, pelo menos em relação ao seu cotidiano, nos últimos dias. Dá uma ajeitada final no visual e toca a campainha. Como da outra vez, os passos da mulher chegando para atender não são ouvidos. Maria abre a porta.

– Pois não?

– Pois não?… (Antonio estranha o tom.) Queria entrar um minuto para falar com você.

– Como assim?

– Como, como assim? Quero falar com você, Maria.

– Desculpa, deve ser um engano, meu nome não é Maria.

A mulher tenta fechar a porta, mas é impedida pelo investigador.

– Que é isso, Maria?! Que brincadeira é essa? Sou eu, Antonio.

– Vou chamar a polícia!

– Não basta eu, porra?!

– Não grita! Deixa eu fechar a porta!

Antonio começa a falar de maneira bem pausada e didática para tentar retomar o sentido das coisas. Fala quase para si mesmo.

– Calma, tá tudo bem. Olha só, eu não sei o que é que está acontecendo, mas vamos lá: eu sou Antonio, sou policial e estou investigando o caso do José, que roubou todos os seus documentos e também a sua alma, pelo menos é isso que o maluco acha. Eu estive aqui, te interroguei e a gente… que papo de maluco é esse?…

– Pois é, eu também não estou entendendo. Meu nome não é Maria e também não tive nenhum documento roubado, desculpa, eu tenho que sair para visitar minha mãe, que está doente e é longe daqui.

– Eu te dou uma carona e a gente conversa. Onde é?

– Bem longe, no Sanatório Charcot, mas não quero carona nenhuma, obrigada. Me deixa entrar, eu preciso me trocar, por favor.

– Qual o nome da sua mãe? Como ela é? O que ela tem?!

– Calma!

– Responde!

– Tudo bem, tudo bem… calma, eu falo, calma…

O mesmo nome, a mesma descrição física, a mesma doença, o mesmo sanatório e o começo de um susto que só não se concretizou porque as cores do mundo foram sumindo juntamente com a temperatura do seu corpo, que costuma beirar o estado febril. Antonio, pela primeira vez na vida, sente um frio abissal, perde os sentidos e mergulha no mais profundo dos escuros. Começa a ouvir um barulho ensurdecedor, metálico, original. Um som que não sabe identificar, não tem origem conhecida. Varia de altura, ora tem um ritmo frenético, ora uma suavidade acolhedora e gentil. Não consegue abrir os olhos, não sabe se vive ou se está morto. Não sabe se sonha ou se delira. Não sabe. Sente estar sendo manipulado por algo que parece ser uma mão, porém de textura desconhecida. Talvez tenha sentido um corte sendo feito na altura do seu umbigo, mas sem dor, apenas uma espécie de arranhão. Luzes multicoloridas pairam pelos seus olhos sempre fechados, fabricando uma sensação de extremo bem-estar. Pensa ter ouvido a voz dos pais, chega a experimentar um início de lágrima... ouve sorrisos... ganha um beijo na testa...

Acorda. Está deitado no sofá da casa da provável Maria, com a mulher olhando, piedosa, para ele.

– Está se sentindo melhor, Antonio?

– Maria?...

– Eu mesma! Tudo bem? (pergunta a mulher com sua voz poderosa e bem-humorada).

– Maria...

– Tudo bem, calma, bebe essa água com açúcar.

– Você pintou a fachada da sua casa...

– Ficou melhor, não ficou?

– Então você pintou...

– Calma... pintei, sim.

– Por que você me falou aquelas coisas?...

– Você não está em condições de conversar, ainda está um pouco confuso. Você tem algum médico de confiança? Quer que eu te leve pro hospital? Eu sou só auxiliar de enfermagem, das boas, mas não sou médica.

– Não, tudo bem. Já estou melhorando.

Antonio fica sendo paparicado com suquinhos, aguinhas, biscoitinhos... parece um neto. Ouvem-se apenas os goles e as mordidas; ainda não sabem o que falar. Pouco a pouco, o investigador vai retomando sua vida e deixando a incômoda fragilidade de lado.

– Já passei por cada uma nessa vida, Maria, mas apagar...
nunca. Eu quero saber por que você me falou aquelas coisas.

– E eu quero saber se você não quer me dar um beijo.
Eu te amo além da vida.

A frase tem o efeito quase imediato de um detonador.
Antonio vai para cima de Maria como um adolescente gordo
que devora uma caixa inteira de Sonho de Valsa. Desembrulha
Maria com sofreguidão, deixando-a completamente nua; beija
seus pés, seus joelhos, suas coxas, seu sexo... o beijo na boca é
longo, intenso; deitam-se ofegantes para continuar o prazer.
É quando ele percebe que o corpo não responde como o habitual. Afasta-se de maneira dramática, novelística. Vira-se de costas para Maria, cobrindo o rosto com as mãos como um ator de
novela mexicana, e, para completar o show de canastrice, exclama:

– Isso nunca aconteceu comigo, Maria, nunca! O segundo
nunca foi dito com um peso melodramático e além de qualquer
tom. – Sente, definitivamente, que sua vida está tomando um
rumo caótico. Maria vai dizer alguma coisa, mas ele não tem
tempo nem de ouvir e sai em disparada na direção do Maverick
vermelho. Liga o carro, dá duas aceleradas com o mesmo tom
overeacting e arranca com o possante, a princípio, no sentido da
casa da mais recente vítima do falsário, Maíra. Dará algumas
voltas a esmo para tentar esfriar a cabeça. Roda com o carro
pelas ruas da redondeza, prestando uma atenção inédita nas pessoas que andam, dirigem, vendem pipoca... ele parece estar
percebendo aquela gente pela primeira vez. E gosta. Pessoas
comuns, provavelmente com atitudes e desejos comuns. Olha
aquela vida que anda com gosto e uma certa estranheza, e logo
começa a se sentir um pouco melhor. Respira fundo e decide...
"*bóra*, casa de Maíra". Olha o endereço no seu celular, entra
na avenida, mas percebe, atônito, que a gasolina acabou. O carro
simplesmente se recusa a prosseguir. Engasga como um velho

patético e vai parando vagarosamente. Esquecer de colocar gasolina? Não prestar atenção no nível do tanque? Jamais! Sua profissão, sempre vivida com total, reconhecida e real competência, não permite tal deslize. Primeira vez! O carro simplesmente se recusa a prosseguir.

Olha feito um morto-vivo para o volante, segurando-o como quem segura com a certeza de que não vai deixar cair. Será mesmo o caso de tanto espanto e desespero para o novo conjunto de coisas que passaram a acometê-lo? Começa a achar que não é necessário tanto assombro como o que está sentindo ultimamente. Tenta reorganizar o pensamento, a respiração, a temperatura, a rua, as pessoas, o vento... quer retomar a normalidade o mais rápido possível. Começa a ficar cansado do imponderável e da falta de lógica, sua vida nunca foi assim. Está bem perto de recuperar a cor quando um barulho agudo e metálico quase estoura seus tímpanos. Olha para cima, através do vidro dianteiro, e vê uma luz de brancura impossível se aproximando do carro numa velocidade muito superior a qualquer cálculo matemático. E, antes que a luz o engula, tem sua segunda ausência. Perde os sentidos, e a luz pare seu oposto mais sombrio na alma do homem que, por um momento, para de existir.

Quando acorda, a lua já é um buraco branco no céu. Olha ao redor e continua sem entender nada. Decide fazer exames, procurar uma mãe de santo, um psiquiatra... alguém que possa ajudar a recolocá-lo no rumo. Se recompõe da melhor maneira possível e desiste de ir à casa de Maíra, a nova vítima; não está em condições. Sai a pé à procura de um posto de gasolina, compra um galão e alimenta o velho "Mavera". No mesmo posto, completa o tanque e aproveita para comer um cachorro-quente e beber uma Coca na loja de conveniência. Seu jantar, seu contato com a realidade simples da qual sente saudades. Cachorro-quente. Coca-Cola. Sente saudades da mostarda no tubo, detesta mostarda de sachê, difícil de abrir, incômoda. Gosta de perder um tempo pensando na mostarda, e sorri. Pelo caminho de casa, olha para o céu e vê as estrelas mais brilhantes do que de costume, parece efeito especial (pensa ele), e sorri novamente, quase como uma criança. Um sorriso inexplicável, beirando a felicidade. Está voltando para casa, quer descansar.

Entra no seu quarto e fica aliviado por sentir o cheiro da fronha limpa... lençóis brancos... tudo branco e macio... e com perfume de limpeza. "Benditas sejam as faxineiras de todo o planeta...", e sorri para o próprio pensamento... branco, também... não consegue nem tirar a roupa, nem os sapatos descalça. Sente-se estranhamente limpo, purificado. Lembra-se da luz... deita-se vestido e assim permanece por um tempo, olhando para o teto. Não percebe quando começa a dormir. Os sonhos não se lembram dele.

Perdi a pasta com todos os meus documentos.

Carteira de identidade, CPF, passaportes (tenho dupla cidadania), carteira de motorista e todos os cartões de crédito. Tudo. Foi assim que começou meu dia logo depois de ter acordado de uma noite tranquila, embalada provavelmente por sonhos inocentes; não lembro de nenhum. O dia anterior foi fértil em dificuldades e coisas fora do previsto; ainda assim, o sono não ficou prejudicado, muito menos a minha vida; faço questão e batalho muito para inventá-la da melhor maneira possível. Minha investigação é constante e, para melhorar a qualidade do trabalho e da já mencionada vida, estou participando de palestras sobre as metamorfoses do amor e sobre o poder da mitologia e de como somos influenciados, até hoje, por Homero. Sou um investigador nato e irremediável. Todas as conclusões a que cheguei até hoje (a respeito de coisas "profundas" ou não), na minha modesta opinião, são insuficientes; mesmo assim, insisto. E isso me diverte, ponto. Mas não é nada divertida a perda dos documentos, um grande transtorno se configura no meu futuro próximo. Perdidos ou roubados? Tenho a péssima mania de carregar todos na minha inseparável pasta. Passaportes também? Passaportes também. Por quê? É uma pergunta que tento responder até hoje sem o menor sucesso. Mania, superstição, neurose, desejo inconsciente de estar pronto para viajar a qualquer momento, um reforço de identidade... para alguém com a cabeça volátil como a minha, um reforço de identidade sempre cai bem.

Pego a chave reserva do carro, que continua sujo, e vou averiguar, com o pior dos pressentimentos, se a pasta está dentro do amado. Não está. Mas um detalhe me chama atenção assim que tranco o possante: um cartão encaixado no limpador do para-brisa. Faz tempo que esse tipo de propaganda não visita o meu mundo; curioso, pego o cartão: "J., DETETIVE PARTICULAR. ACHO TUDO, ATÉ TUA ALMA". Penso um "puta que os pariu, só me faltava essa…" e percebo, do outro lado da rua, um gari laranja olhando para mim e sorrindo; parece ter ouvido meu pensamento. Sorrio de volta, faço um aceno com desenho de "bom dia" e retorno ao meu apartamento.

Vou pela escada para me exercitar um pouco, mas, antes de enfiar a chave, sinto uma agulhada na dobra do braço, seguida de um formigamento na mão esquerda, e não gosto nada. Minha saúde sempre foi perfeita, e nunca fui afeito a nenhum tipo de dor ou desconforto; na verdade, não admito a presença da menor das dores, quanto mais de um formigamento na mão esquerda, que bem pode ser um prenúncio de enfarte, de AVC ou coisa pior. Sempre penso no pior, apesar de, até hoje, sempre ter acontecido o melhor com a minha saúde. O fato é que a cisma só reforça a lembrança de que já está na hora de ir ao médico para fazer os exames anuais. Muito bem, com a perda ou roubo dos meus documentos, com o cartão do tal J. e com o formigamento na mão, entro no banheiro, tiro a roupa como todo bom cristão que pretende tomar um banho e vou para debaixo do chuveiro. A água cai generosa e quente no meu corpo. Quando olho para os meus pés que estão prestes a serem lavados, vejo uma quantidade de cabelos no chão que me deixa preocupado. Estarei eu sofrendo com os genes do meu avô? Desconfio da qualidade do gel que estou usando, porém a desconfiança não dura muito tempo, a apreensão aparece com mais força.

Enxuto e nu, fico me olhando no espelho para ver se encontro outros sinais estranhos. Posso ver que sou eu mesmo. "Menos mal", penso, estúpido e infantil. Nenhum outro sinal é encontrado, a não ser uma certa roxidão no dedão do pé esquerdo. Vestido, ligo para o médico e marco uma consulta. Em seguida, vou até a janela da sala e fico olhando para o céu enquanto fumo um charuto.

Nuvens fazem papel de nuvens e pássaros, de pássaros. Que bom, é assim que tem que ser. O charuto é consumido pelo fogo, e o vento não está com pressa. A natureza acontece com sua matemática surpreendente, sem preocupação em dar satisfação a ninguém. Marrenta essa tal de mãe natureza que nos causa inveja e que somos nós, esquecidos de cultura... charuto, céu e vento são uma combinação poderosa para os meus devaneios. Isso me relaxa.

Antes de voltar para a vida e tentar resolver o problema dos documentos, uma luz vinda do céu me arrebata pela sua beleza e pela surpresa da sua aparição. De novo, essa luz... dessa vez o som não é metálico, é suave, baixo, uma espécie de música, uma combinação de sons que chega quase a ter o efeito de um anestésico. Lembro de formas aparecendo, lembro de vozes, ou sons que parecem vozes. Coisas quase humanas, mas nem um pouco assustadoras. Sinto meu corpo inteiro dormente. As vozes me contam coisas, nada especial, sinto através do meu corpo todo que as possíveis frases ditas são de uma sabedoria primitiva, simples. Reconheço algumas palavras, como "casa, abraço, tijolo, água"... e o primitivo tem o sentido de primordial, primeiro, e não o sentido atual e deformado de coisa ruim ou tosca. Lembro (ou sonho com ela) da história do gavião que entrou pela janela do quarto do meu pai... bateu com o bico no armário e morreu... minha mãe contava essa história... ou fui eu que inventei? Frases, murmúrios... Reconheço, naqueles sons, a vida possível, natural e inexplicável. A dormência dá lugar à perda dos sentidos. Parece que meu corpo, independentemente da minha vontade, tem a sabedoria involuntária do abandono em cima da cama. Nenhuma dor ou impacto, desmaio entre lençóis e um travesseiro macio. O escuro me reinaugura.

Antonio acorda com uma energia astronômica. Perde o bloquinho de anotações que costuma usar para rabiscar os sonhos (por pura diversão), sente-se explosivo, jovem, incontrolável, chegando quase a pular da cama ao acordar. Olha-se por muito tempo no espelho do banheiro, gosta do que vê, se apalpa, se admira. Percorre nu seu cubículo e mija com força barulhenta pelos cantos da sala, como ordena sua louca mania. Procura o maldito bloquinho por todo o apartamento. Não acha. Seu comportamento é frenético. Lembra-se de um nocaute visto numa luta de MMA, começa a gargalhar.

O lutador recebeu um chute rodado bem atrás da orelha direita e ficou hirto como uma estaca; parecia ter levado um grande susto em decorrência do encontro com algum fantasma horrendo. Esticou braços, pernas, arregalou os olhos e desabou feito uma árvore, durinho por alguns segundos, até que o juiz o trouxesse de volta à vida.

Continua gargalhando sozinho no apartamento com seus olhos arregalados e sua euforia. Parece estar drogado, mas não está, está limpo. A garrafa de conhaque ainda se encontra pela metade e o estoque de farinha e erva, em dia. Desliga a gargalhada. Pega os alteres e alimenta os músculos. Volta ao banheiro e limpa o corpo. Vai até a janela e expande os olhos.

O ritmo desacelera, sente a respiração voltar ao normal enquanto olha para a rua e percebe a gente que anda por lá construindo suas vidas aparentemente com facilidade. Gosta de ver pessoas andando para imaginar coisas simples. Aquela vai à padaria comprar um sonho para o marido. Aquele está indo para o trabalho, é vendedor de eletrodomésticos numa loja popular do Centro. O casal que empurra o carrinho de bebê tem uma empresa de congelados. O do outro lado da rua é servente de pedreiro, está atrasado. A freira gigante queria ser jogadora de basquete. A que dobrou a esquina é faxineira, como a que acaba de tocar a campainha real e nem um pouco imaginada.

É dia de faxina. Abre a porta e percebe o susto da mulher que olha diretamente para o seu sexo. O homem está nu (não fica claro para a vida se ele está distraído ou não). Sem muito constrangimento, ele se desculpa e diz que vai vestir alguma coisa. Para sua surpresa, a mulher, rapidamente recuperada do susto, entra no apartamento, com um pequeno sorriso no rosto, e diz que vai esperar ele vestir *alguma coisa* para conversarem sobre o trabalho a ser feito. Uma atitude nada comum para pessoas humildes. Ela poderia muito bem fazer uns bicos nas horas vagas, pensa ele. Com décimas intenções, Antonio veste apenas uma cueca branca. Sente uma atração imediata pela mulher e percebe que a recíproca (provavelmente profissional) é mais do que verdadeira.

— Posso trocar de roupa?

— Pode…

— Posso usar o banheiro do senhor?

— Senhor?! Olha bem para mim.

— Tudo bem… (sorri, fingidamente encabulada).

— Tudo bem, não. Está olhando bem para mim?

— Ã-hã… vou aceitar uma caixinha, tá bem?

— Está olhando bem para mim…

Claro, seria impossível não estar olhando para ele naquele momento em que seu corpo, seminu, apresenta sinais claros do mais puro e rijo entusiasmo. A mulher, mesmo com quilos a mais para o gosto do investigador, tem um cheiro de sexo que pode ser sentido em outra galáxia. Somente no olhar é capaz de carregar a energia de mil cavalos, e suas ancas, segunda parte preferida pelo homem, mostram força e resistência para horas de montaria. Dali para frente, o mundo encarrega-se de ser didático e deliciosamente vulgar. Bocas, línguas, dentes, mãos, dedos, buracos, estocadas… etc. etc. etc. O mais curioso é que, apesar do longo tempo gasto no prazer, Antonio, pela primeira vez, não consegue chegar ao gozo, mas geme e urra, fingido como um canastrão rodrigueano. Permanece rijo, e a sensação de frustração contrasta terrivelmente com o sorriso exausto que a também Maria (coincidência folhetinesca) traz no rosto suado. A partir desse momento, o patético começa a acompanhar o homem que não conseguirá mais ficar em estado de repouso. "Pau duro para sempre?!" Será um prêmio dos deuses? Não, não será. Incômodo, ridículo, dolorido. "Um médico! Preciso da porra de um médico. Porra!"

— Meu amor, quando você terminar, deixa a chave debaixo do tapete. Bom trabalho.

E joga uma graninha em cima da mesa.

— Bye, bye.

"Bye, bye? Bye, bye é a puta que o pariu…", pensa ele, e sai.

Confere no celular o endereço de Maíra, entra no Maverick, liga, acelera brutalmente e arranca. Pelo caminho, pensa em Maria. Não terá como falhar no próximo encontro, já que seu amado, grandioso e agora encantado membro (que palavra cafona) estará sempre pronto para a luta; pelo menos, até que um médico faça com que tudo volte ao normal. Mas o foco agora é Maíra, a vítima mais recente.

No trajeto, assim que para num sinal vermelho qualquer, põe a cabeça para fora do carro, como costuma fazer, feito um cachorro, para tomar a leve garoa que visita o mundo nesse dia. Olha para o céu e vê um objeto parado acima do carro, ao lado de uma nuvem. Quando o sinal abre, o objeto trata de sumir como que por encanto, deixando o investigador seguir sozinho o seu caminho. O homem defende-se não dando a menor importância ao fato, já que não conseguiu identificar a forma. Pode ser um balão, um satélite... as luzes, o som e o "disco voador" que o acometeram anteriormente serão um dos temas para a próxima consulta médica, esperando desesperadamente não ser internado num manicômio; sabe bem o que é isso.

Maíra mora em um bairro nobre de uma cidadezinha do interior, arborizado e com um número limitado de casarões equipados com cercas elétricas, câmeras e guaritas. Depois de uma hora e pouco de carro, Antonio chega a um bairro assustadoramente parecido com o que morou quando era criança, só que muito mais rico. Tem uma vaga lembrança do casarão onde viveu com a mãe. A mulher fez questão de soterrar qualquer vestígio de memória, evitando falar sobre o lugar, jogando fora todas as fotos, documentos e histórias. Ainda assim, talvez tenha idade suficiente para reter alguma coisa na sua sempre inventiva cabeça. "Era aqui, sim, não é possível... mas a gente não tinha vizinhos... ou tinha?... não tinha tanta casa...", e continua em baixíssima velocidade, olhando atentamente à volta para tentar detectar algo na sua danificada memória. Identifica-se para o segurança da rua e estaciona o carro em frente à casa majestosa de Maíra. Outro susto, que logo se transforma em torpor, e uma queda de temperatura, acompanhada por um suor frio, são causados pelo casarão que possui a mesma fachada da sua infância. Talvez... apenas imaginação, talvez... a mesma fachada... a mesma infância... a mesma infância?... como assim?... pensamentos confusos já não são mais novidade na trajetória da investigação que, a cada dia, vai perdendo importância para dar lugar a uma sucessão de fatos cada vez mais bizarros. Respira. É o que pode fazer nesse momento para continuar relativamente vivo.

Identifica-se novamente pelo interfone e é atendido por um ser caricato, como um mordomo de filme inglês. Acompanhado pelo elegante serviçal, chega até o que parece ser uma ampla antessala decorada com móveis e esculturas estilo *art déco* que o deixam tonto, tamanha a quantidade de informação. O mordomo pede que ele aguarde e oferece-lhe uma água e um café. Antonio aceita. A galhada de alce fixada na parede é apenas um dos detalhes bizarros que assolam a sala lotada de quadros, esculturas e abajures, tendo como suporte corpos retorcidos de bronze. Repara num ábaco antigo sobre a mesa e tem uma sensação de *déjà-vu*. Sente um pavor inexplicável, teme alucinar. Eu nasci aqui nesta casa! Eu conheço esta casa! Pensa ver mãos saindo das paredes para tentar estrangulá-lo e protege o pescoço com as próprias mãos, feito um demente. Pensa ouvir lamentos saindo dos rebocos. Cheiro de corpos em decomposição também é uma possibilidade delirante no seu olfato. O ruído dos cupins devorando a madeira do rodapé é ouvido no seu delírio a uma altura amplificada à milésima potência. Fecha os olhos e se concentra. Respira fundo, pausadamente. E pensa: "tudo bem, está tudo bem". Fica assim por alguns segundos e começa a sentir o bom resultado. Seu corpo retorna ao sentido, sente-se um pouco melhor. Vai abrindo os olhos devagarzinho e pesquisa o ambiente, agora como um verdadeiro profissional. Depois de alguns momentos observando a caótica sala, é presenteado com um carrinho de chá, trazido pelo "inglês", com todo o tipo de copos, xícaras, docinhos e acepipes. Antes que possa agradecer, ouve uma voz feminina dizendo: "Obrigada, José",

arrepia-se com a voz familiar, e o mordomo se retira. "José...
só pode ser brincadeira...", pensa Antonio. Mas a surpresa
maior vem quando a voz feminina se materializa assim que o
serviçal sai, descobrindo a imagem da mulher que está logo
atrás dele.

— Maria?!

— Maíra.

O investigador entende de uma vez por todas que a história
está tomando o rumo do mais completo absurdo e tenta, com
todas as suas forças e da maneira mais discreta possível, disfarçar
a imensa estupefação ao perceber que Maíra é absolutamente
idêntica a Maria.

— Desculpe, é que a senhora se parece muito com uma pessoa que acabei de conhecer.

Uma gota de suor começa a escorrer pela têmpora de
Antonio, com a clara intenção de grifar a cena. Ele, discreta-
mente, limpa o líquido com a ponta do indicador e prossegue
fingindo um extremo relaxamento dentro da tensão dolorida
que toma conta do seu pensamento e se reflete por todo o
seu corpo.

— Está tudo bem, Antonio.

Até a voz, os gestos, o modo de se sentar e, principalmente,
o olhar são milimetricamente iguais. Enquanto Maíra relata o
sumiço de todos os seus documentos e mostra o "vudu" deixado pelo falsário, o boneco, a foto, o espelho e o bilhete "sou
o dono da tua alma", Antonio tenta — tomando todo o cuidado para não deixar o seu tormento transparecer — descobrir
o motivo de a história estar agindo daquela maneira com ele;
a vida está francamente virando de cabeça para baixo. Mas o
susto maior está por vir.

— Posso fumar aqui?

— Antonio... pode, Antonio. Eu gosto do seu cheiro.

As mesmas frases ditas com a mesma voz, com o mesmo desejo, com os mesmos olhos. Antonio não vê alternativa a não ser aceitar a narrativa para não pirar de vez. Lembra-se do livro de Carlos Castaneda, *A erva do diabo*, um dos poucos que leu na vida. Lembra-se da cena em que o protagonista se depara com um veado branco que começa a falar com ele. Para não enlouquecer, para comungar com o fato, o personagem do livro faz uma postura corporal completamente fora do padrão e começa a fazer coisas absurdas com o corpo e com a voz. Simplesmente aceita. Só para não enlouquecer. É isso?! É isso. Deixa o corpo apavorado agir segundo as novas leis. Do pavor ao estímulo é um tiro, nem tão difícil para alguém acostumado com a morte e a vida. "Foda-se!", pensa. Alguém está querendo me sacanear, então tá. E pula no abismo com a coragem costumeira. *Não seria correto, nem ético, nem saudável "cair dentro" da vítima. Mas, como Antonio não é correto, nem ético, nem saudável... tira o bastão do maço, faz a chama sair alta do seu Zippo − que veio junto com os óculos −, mas não acende o amiguinho da morte. Num rompante, joga o cigarro fora, agarra Maíra pelos cabelos da nuca e ordena que abra a boca. Ela obedece, ofegante, com olhos de santa louca. Um rouba o ar do outro de tão próximas as bocas abertas, ensaiando um sorriso pequeno de todos os demônios. Antonio olha para dentro de Maíra, a língua, as obturações, a garganta; parece hipnotizado pelas entranhas vermelhas e molhadas. "Bota a língua pra fora!", ordena, com uma legião de bestas na voz. Mais uma vez, a santa e seu avesso obedecem. A língua aparece comprida, sinuosa e provocante. O sibilo mudo e o mau gênio abençoam o encontro venenoso. No sofá da casa da vítima, o sexo de Maíra é domado pelos dedos, pelos dentes, pelo fálus.*

A diferença é que, dessa vez, o investigador precisa fingir.

Maíra permanece nua olhando placidamente para Antonio, que se veste com relativa rapidez para não revelar sua permanente ereção.

— Agora você vai pegar o seu Zippo e vai acender um cigarro.

— É isso.

— Gostou da casa? Posso te mostrar tudo. Essa casa tem muita história. Muita história...

— Acredito.

Um acorde grave, imaginado, preenche a pausa cavernosa.

— Engraçado... você se parece demais com o homem que apareceu caído na minha porta, dizendo que tinha sido atacado por extraterrestres e que tinham implantado um chip na sua barriga.

— Pois é... esse pessoal não pode ver um humano que já quer implantar um chipzinho nele, impressionante...

— Você já escreveu essa frase.

Antonio não se contém e grita.

— Como é que você sabe que eu já disse isso?! Porra! É você, Maria, que brincadeira é essa?! Me explica, já tô de saco cheio disso tudo!!!

Então, agarra Maíra pelos ombros e começa a sacudi-la como nos antigos filmes americanos.

— Você está me machucando. Me solta.

Fica olhando para Antonio com calma firmeza, até que ele a solta e abandona seu corpo, sentando-se no sofá e, mais uma vez, cobrindo o rosto com as mãos.

— Me desculpa, Maíra, esse caso está me deixando maluco. Me desculpa.

— Tudo bem. Volta amanhã? Quero muito que você volte amanhã. Tenho que sair agora para visitar minha mãe, ela está muito doente. Se você não se importa...

A exaustão toma conta do homem, que começa a perder a cor só em pensar no nome da mãe de Maíra, na doença da mãe de Maíra e no hospital onde a mãe de Maíra está internada. Sabe de antemão as respostas e sente todo o corpo tremendo, sente a vida querendo ir embora; mesmo assim, faz as fatídicas perguntas e obtém as respostas que já sabe. A mãe de Maíra e Antonio têm o mesmo nome, a mesma doença, a mesma descrição física, e o sanatório é o mesmo, Charcot.

— Posso ir ao banheiro um instante antes de ir embora, por favor?

— Claro. Eu vou vestir uma roupa e já volto.

Antonio, pálido como um morto, vai ao banheiro para lavar o rosto, mas, quando se olha no espelho, vê atrás de si a figura de um velho que o observa e chora. Vira-se depressa, assustado com a visão, e não vê nada. Um cheiro inexplicável de naftalina toma conta do ambiente, deixando sua cabeça ainda mais confusa. Vai até a janela basculante do banheiro para tomar um ar. Abre-a e percebe, no claro e limpo azul do céu, um sinal de normalidade. O som histérico de um bando de maritacas esverdeia o espaço, tranquiliza o homem momentaneamente. Fecha os olhos, aliviado, respira fundo e começa a sentir um perfume suave e muito agradável de flores; há um jardim imenso e bem cuidado do lado de fora. Permanece de olhos fechados por um tempo, mas, quando pensa estar recuperando uma certa lógica, vê no céu um objeto emanando uma intensa luz, vindo ao seu encontro numa velocidade aterradora, e teme o choque que, pela brutalidade, será mortal. Quer correr, mas seus pés parecem estar grudados no chão, pernas que pesam toneladas, como num pesadelo. O objeto, cada vez mais perto, acelera seu pânico e paralisa todos os seus músculos. E quanto mais perto, mais paralisia, mais pavor. A velocidade parece aumentar a cada segundo, e o suor frio encharca seu corpo. As luzes e o som agudo, insuportáveis, quase fazem seus olhos saltarem das órbitas. O objeto chega cada vez mais perto. Mais perto. Mais perto... O horror corta sua respiração. Choque. Alguma coisa atravessa seu corpo como um espírito. Parece estar com um buraco no peito. Começa a vomitar, o banheiro roda pelo espaço, perde os sentidos, e o escuro, mais uma vez, toma conta da história.

Acordo com um gosto péssimo na boca, desorientado e sentindo uma certa tontura quando tento ficar de pé ao lado da cama. Não. Não consigo. Tenho que me sentar, esperar alguns momentos e fazer outra tentativa para deixar meu corpo ereto, como um primata evoluído que presumivelmente sou. O dia anterior foi muito sofrido, um labirinto inédito para alguém que, como eu, nunca havia visto fantasmas ou seres de outro planeta. Alguma coisa muito errada está acontecendo comigo, e estou disposto a tentar solucionar o transtorno indo a um especialista.

Consulta marcada. Segundas vias dos documentos em andamento e, ao que parece, nada perdido no dia de hoje. Posso voltar à minha investigação juntando todo o material que consegui até o momento. Fotos, bilhetes, mulheres… e o casarão, ser vivo e assombroso, infestado de histórias aterrorizantes e inconclusas. Lugar de possíveis torturas, conforme algumas pistas murmuradas pelas suas paredes sobrenaturais. Como é que eu vou fazer para sair daqui? A sensação de prisão é uma das piores privações humanas. Tentar uma saída, uma solução, uma luz qualquer talvez seja o maior dos desejos, o único. Sinto um peso no peito bem maior do que o sentido quando deprimido alguns anos atrás. Um Lexapro por seis meses, sessões de análise que faço até hoje por força do meu desgastante ofício, exercícios, mulheres e certos vícios sempre me mantêm dentro de uma relativa normalidade. Contudo, os últimos acontecimentos têm me perturbado de maneira violenta e atordoante.

Hora do banho. Fui precipitado quando afirmei que não havia perdido nada no dia de hoje(?) Foi alarmante ver todos os meus cabelos no chão do banheiro assim que enxaguei a cabeça com um jato quente e abundante. Os fios faziam uma dança sinuosa na água que ia em direção ao ralo, enquanto o medo da morte (coisa que sempre neguei) tomou conta de mim de maneira irreversível. Tive um momento de tontura e me segurei na saboneteira para não cair. Meu coração esmurrava o peito. Para aumentar o pavor, meus pés e minhas mãos estavam totalmente cianóticos. Minhas articulações desataram a queimar – uma dor lancinante –, e comecei a me mexer com extrema dificuldade dentro de um tormento angustiante que passou a comandar meus movimentos a partir daquele instante. Enxuguei-me o mais rápido que pude e fui ao espelho. Terror. Manchas gigantes e roxas tomaram conta do meu corpo; apenas minha cabeça, agora sem nenhum pelo, inclusive sobrancelhas, vê-se livre da cor e seu mau agouro.

Junto o pouco das forças que me restam e ligo para o médico. Explico a situação e digo que não tenho a menor condição de sair do lugar, não conseguirei dirigir, pegar um ônibus, um táxi, nada. Estou paralisado pelo medo. Pede que eu me deite, chegará o mais rápido possível. Obedeço. Caio na cama e fico olhando para o teto, tenho a intenção de cruzar as mãos sobre o peito, mas, obviamente, evito o gesto. Tento deixar os braços ao longo do corpo e pensar em coisas boas. E rezar. E ter pensamentos positivos. Como eu gostaria de ter lido mais livros de autoajuda em vez de ser preconceituoso e arrogante. "Gente inteligente não lê livro de autoajuda", disse-me certa vez uma vizinha bibliotecária. Pro inferno com a gente inteligente! Estou morrendo de medo. Quero rezar! Rezo! O Pai-Nosso, a Ave-Maria, em latim decorado, e algumas palavras, pedidos, súplicas, diretamente ao Criador. Sempre acreditei que nós criamos Deus ao mesmo tempo que Ele nos criou. Mais do que um paradoxo, uma demência, uma coisa impossível, uma vontade imensa de acreditar, de ter fé. O medo vai aumentando à medida que percebo que não posso mais me mexer. É angustiante querer gritar por socorro e não conseguir... respiro com muita dificuldade. Mas que diabo de doença é essa que apareceu tão de repente?! Nunca tinha visto, sentido ou ouvido nada parecido. Terão sido os seres de outro planeta ou o capricho de um Deus ofendido? A angústia só não aumenta porque tenho uma visita inusitada, apesar de constantemente desejada pela minha fantasia, que, muitas vezes, poderá ser confundida com fé. Meus pais estão ao meu lado, sorrindo, tranquilos. Sorrio. E choro de alegria.

– Que bom que vocês estão aqui. Sempre quis que fosse assim. Não sabia que morrer era tão fácil, tão indolor.

– Quem disse que você está morto, meu filho?

– Vocês. Vocês morreram faz tempo. E eu não acredito em fantasmas.

– Você... sempre lutando contra a própria fé.

– Eu estou feliz agora.

– Você sempre foi feliz, sempre viveu bem, sempre trabalhou bem, amou, cuidou, produziu... só que você não percebeu. Você ainda não nasceu, meu filho. Tudo é tão divertido, prazeroso. Se você soubesse... você sabe. Mas não percebe. Você vive, mas não percebe. Talvez seja uma forma de viver... talvez seja melhor não perceber a vida; a gente nunca tem resposta para tudo, não é, meu filho?

– Acho que sim.

O médico chega e traz Maria com ele. Felizmente, tenho a intuição de deixar a porta entreaberta antes de me deitar. Pousa a maleta na cadeira, pede que Maria chame uma ambulância imediatamente e começa a me examinar com uma urgência que me deixa ainda mais apavorado. Estranho o fato de ele não me cumprimentar e nem me perguntar nada, como estou, se eu sinto alguma dor... nada. Não consigo sentir o contato do estetoscópio no peito. Eu já sei. A história já sabe. Meus pais já sabem. Mas a constatação da minha morte só se dá quando ele declara a Maria que eu já não vivo. Constata a falta de pulso e de respiração. Faz massagem torácica, me espeta, faz todo o procedimento para me trazer de volta. Nada. Maria se desespera, começa a chorar e é amparada pelo médico que lhe pede para se acalmar e tomar as atitudes cabíveis. Eu não consigo pronunciar uma palavra sequer, na verdade, quero gritar e não consigo. É evidente que eu não estou morto, se meus pais ainda estiverem lá, eles poderão confirmar que eu ainda estou vivo.

– O corpo está completamente necrosado, Maria. A cabeça continua intacta, como você pode ver.

– Quero ficar com ela.

– Sem problemas. Levo o corpo para a faculdade e você fica com a cabeça. Pode deixar que eu cuido da documentação. Por acaso eu tenho uma serra de amputação na minha mala. Amputo a cabeça e ela fica contigo, pode ser?

– Pode.

Ouvir aquele diálogo insano e impossível é mais do que chocante. Não estamos num filme do Monty Python, muito menos num espetáculo de Pirandello ou Beckett. Há que comunicar a morte aos meus parentes, dar um laudo, assinar um atestado de óbito, rezar uma missa, preparar um velório... o enterro!!! Meu espanto vai aumentando à medida que ele vai serrando meu pescoço para poder entregar meu corpo a um bando de alunos famintos por vasculhar e escarafunchar as entranhas dos outros. Decido relaxar e esperar (e não acho a menor graça nisso). O médico coloca meu corpo decapitado em um saco plástico, fecha o zíper e tem a ajuda de dois enfermeiros que já aguardam do lado de fora do apartamento para me levar até a ambulância que já aguarda com a sirene ligada. Despede-se de Maria e sai.

A dor não faz mais parte do meu repertório, mas, é obvio, as limitações passarão a ser muitas. Maria fica olhando durante um longo tempo para a minha cabeça, faz carinho nela, não chora mais. Renova promessas de amor como se meu corpo ainda estivesse ali. Amor de mulher. Fé de mulher. Quando percebo que poderei abrir os olhos, penso no susto que Maria poderá levar e temo pela sua saúde. Mas não vejo alternativa a não ser a vida, os olhos abertos, a fala e a comunhão. Preciso dela, falar com ela e com o mundo, então arrisco. Para minha surpresa, Maria olha para os meus olhos azuis completamente abertos e dá seu sorriso mais primeiro. Minha cultura antiga e repetitiva exige que eu fique surpreso, mas a história já dá mostras mais do que claras de que a surpresa não fará mais o menor sentido. Decido pela palavra.

— Maria...

— Antonio...

— E agora?

— Agora você vai ao supermercado comigo. Tenho que comprar um cacho de bananas.

Muito bem, uma mulher querer ir ao supermercado para comprar algumas bananas é a coisa mais natural do mundo. Mas carregando uma cabeça? Novamente minha forma antiga reivindica lógica. Mas como sempre fui maleável e com grande capacidade para o improviso, concordo imediatamente, porém com um grande receio de como as pessoas irão reagir na presença de uma cabeça dentro de um carrinho de compras. Fico curioso. É inevitável me sentir especial, inédito, ainda que, com Maria, essa sensação não exista. Maria é diferente, tem um amor gigante e eterno por mim. Maria é mulher, e as mulheres apaixonadas acreditam. Estou curioso com o mundo, estou envaidecido. Serei objeto de estudos científicos de ponta, inaugurarei uma nova era na história da humanidade. Serei único.

Maria coloca minha cabeça na bolsa e saímos do apartamento para o carro. Nunca imaginei ver tão de perto todas as quinquilharias que fazem parte do universo feminino – me divirto. Ela tem o cuidado de evitar os buracos no asfalto. Sinto seu amor, seu cuidado, sua ternura, e percebo que ainda é capaz de chorar. Chegamos. Maria estaciona o carro e me carrega para o supermercado. A grande prova está prestes a acontecer: o mundo. "Maria, eu quero ver o mundo, me tira daqui, por favor", peço, ansioso. Prontamente ela atende ao meu apelo. Abre a bolsa, retira minha cabeça e coloca-a no carrinho de compras. Começo a rodar entre prateleiras cheias de brócolis, sabão em pó, enlatados, laticínios… vejo meu chocolate amargo com oitenta e cinco por cento de cacau e peço que o compre. Não tenho mais estômago, mas tenho boca. Maria pega o chocolate, mostra-o para mim e sorri com uma capacidade de amar que só as mulheres têm. Pronto, o mundo está a um triz da revolução total, estou curioso para testemunhar a reação da primeira pessoa que me vir. Logo uma senhora chega perto do carrinho e me pergunta: "Moço, o senhor sabe onde fica a marmelada?" Respondo que não sei. "Ah, muito obrigada." A senhora continua com sua vida e eu, que já esperava por isso (confesso), não me sinto tão frustrado. A frustração não faria sentido também. O óbvio seria o caminho mais correto. "Óbvio" e "correto" talvez não sejam as melhores palavras para ilustrar a vida nesse exato momento, e isso me assusta bastante porque palavras são tudo o que me resta como movimento e perspectiva.

Crianças brincam comigo naturalmente, pessoas das mais variadas idades, etnias, credos, classes sociais se dirigem a mim sem a menor cerimônia ou estranhamento. Lembro de Maria contando minha história para um grande médico com quem, muitas vezes, havia trabalhado e estava tentando achar o espinafre. "... A medicina está evoluindo com uma rapidez impressionante, porém o corpo continua o mesmo, uma mudança ali, outra acolá, mas basicamente o mesmo. Coincidência boa encontrar você por aqui. Até breve. Prazer, Antonio, boa sorte." A sensação de extremo ridículo e fragilidade se apossam de mim de maneira absoluta.

De volta ao carro, e triste como um cachorro abandonado pelo outrora inseparável dono, sigo com Maria em direção à sua casa, sem ao menos poder ver a paisagem, somente o céu, já que minha patética cabeça está recostada no banco do carona, sendo o céu a única paisagem. Claro, o disco voador aparece novamente, um disquinho prateado de desenho animado cheio de luzinhas, com seres verdinhos de anteninhas dando tchau para mim. Pergunto a Maria se ela também está vendo a nave, ela responde que sim e que acha aqueles seres umas verdadeiras gracinhas. Chega! Peço a Maria que creme a minha cabeça e espalhe as cinzas no mar. Digo a ela que não se preocupe com a dor porque ela não existe mais na minha história, e que o correto é morrer. Simples assim.

Maria, que nutre um amor incondicional por mim, não hesita em atender ao meu pedido e, rapidamente, toma todas as providências. Nossas bocas trocam o derradeiro beijo.

Vejo o fogo por dentro e entendo o que é o belo. Compreendo a comunhão, sabendo que jamais poderei explicar o que significa. Entendo o universo sem poder desenhá-lo ou fazer uma provocação decente. O inexplicável passa a ser uma facilidade para mim. Espero pelo vento e pelo mar na esperança de cumprir naturalmente meu destino.

Antes das cinzas, dou a ela o endereço do profissional que me ajudou a espalhar no mar a mulher que morreu, e lá fomos nós, mar adentro, singrando as águas de um dia de beleza pintado por Turner.

De dentro da urna, sinto a educação do mar, gentil nesse dia. Como o combinado, o horizonte já não apresenta mais sua reta quando os motores são desligados. Estaria de olhos fechados se ainda os tivesse, e sentiria o odor do mar. Vejo a luz e sinto o cheiro, apesar da falta de órgãos apropriados para isso, o milagre da vida sempre é insistente, e disso, pelo menos, eu sempre soube. Maria abre a urna e começa a me espalhar. Posso vê-la sorrindo, plácida e mulher. Compreendo que não poderei morrer e que minha compreensão será só minha, não podendo mais me expressar por gestos ou palavras. Estou destinado a ser uma ideia sólida e inatingível. A solidão passará a ser apenas uma lembrança. Estou com todas as ferramentas na mão para continuar minha investigação. Nasço. Fazer parte da vida será inevitável, povoarei cantares, pessoas, rochedos. Abraçarei meus pais e os pais dos meus pais e os filhos de todos os filhos com um amor maior do que a palavra. Um sorriso forte toma conta de mim. Maria volta ao continente e continua sendo mulher para o bem do mundo e da vida.

Antonio acorda com Maíra e um médico ao seu lado. Ouve a própria voz saindo pastosa e vagarosa, sabe que está sob o efeito de algum poderoso tranquilizante. Tenta se levantar, mas é delicadamente impedido pela mulher, que lhe oferece um pouco de água com açúcar. "Isso não adianta porra nenhuma", pensa ele, "água com açúcar é o…", mas aceita de bom grado e volta a deitar-se, tentando entender o que aconteceu. "Eu estava no banheiro quando comecei a ver aquela luz que… depois… acho que apaguei. Eu estou na sua casa, Maíra, que quarto é esse?" O médico recomenda que procure se acalmar e que está tudo sob controle. Ele virá vê-lo pelo menos três vezes por semana nos primeiros tempos, até que ele tenha condições de voltar ao cotidiano sem nenhum tipo de transtorno. Antonio tenta retrucar dizendo que tem que voltar o mais rápido possível para a investigação, porque Maíra e outras pessoas correm perigo. José, apesar de, a princípio, não apresentar sinais de agressividade, já provou ser perigoso. Pode-se esperar de tudo de um elemento como ele. Quando o médico o informa que já foi substituído por um outro investigador, Antonio fecha os olhos e fica em silêncio tempo suficiente para que sua reação se apresente didática e clara. "Porra, não acredito…" Maíra diz um "calma, meu amor" que o deixa surpreso. "Eu vou estar sempre ao seu lado, entende? O tempo que for preciso. Escuta, meu amor: Eu vou te amar para sempre, além da vida."

O homem tenta buscar um sentido, mas lembra-se apenas de sorrir para, em seguida, cair num sono profundo.

Não sabe ao certo se está dormindo há dias, horas ou segundos, seu corpo todo formiga, parece flutuar; é quando começa a sentir um carinho suave no rosto e tem dúvidas se está sonhando ou não. Pensa reconhecer o perfume, o toque e, principalmente, a voz, mas não tem forças para acordar. Tenta a todo custo abrir os olhos, falar, mas o maldito remédio que lhe ministraram parece efeito de feitiçaria, impedindo qualquer movimento. O carinho continua com a intenção clara de fazê-lo sair daquela espécie de vigília. "Antonio, acorda, eu estou aqui"... a aflição cresce. Depois de um tempo imensurável, o carinho cessa, para desespero do homem. Ouve a porta se fechando, e um grito imaginário arranha-lhe a garganta. Não sabe se está no casarão de Maíra, se está num hospital ou morto. Tenta recapitular os passos recentes, mas o veneno que percorre seu corpo embaralha seus pensamentos, fazendo com que o tempo se transforme numa flecha errática e fugidia. Lembra-se de algumas histórias do casarão... seu pai, preso na torre... ouviu essa história de fato ou imaginou?... seu avô, o velho carrasco... as paredes que gritavam... o gavião morto... e sua mãe?... Maria... Maíra... seus pensamentos somem quando ouve a porta do quarto abrindo novamente. A esperança volta.

Novamente o carinho e a palavra, "Antonio, acorda...", sabe que, se não conseguir acordar daquela vez, ficará adormecido para sempre. O desespero e a angústia chegam ao ápice, e, reunindo todas as suas forças, abre os olhos e dá um grito como se estivesse voltando de um afogamento. Maria está ao seu lado, encostada na cama, com crachá de auxiliar de enfermagem e dizendo que se acalme, que está tudo bem agora. Maria, a auxiliar de enfermagem, a vítima, a mulher que, mesmo fora dos seus padrões ideais, despertou seu desejo e, possivelmente, seu amor.

— Maria, o que é que você está fazendo aqui, onde é que eu estou?

— Calma, você está num lugar seguro. Eu vou cuidar de você.

— Eu tenho que sair, tenho que pegar o cara que...

— Shhh... não é bom você ficar falando muito.

Antonio se acalma com a presença de Maria, que afere sua pressão e mede sua temperatura. "Está tudo bem, Antonio." E troca o saco plástico vazio, que está pendurado numa espécie de haste, por outro cheio. É somente nesse momento que Antonio percebe estar tomando uma medicação intravenosa. E, antes que possa perguntar mais alguma coisa, sente o corpo sendo abandonado pela lucidez. Tem um momento de absoluto pavor, mas já é tarde, a inconsciência o domina mais uma vez. Antes que a escuridão total tome seu ser completamente, ele pensa, sonha, ou consegue realmente ver e ouvir o médico entrando no quarto e falando com Maria.

— Como é que ele está?

— Fisicamente, parece que melhor. Mas continua querendo prosseguir com a investigação.

— Ok. Vou ver os demais pacientes.

"Que hospital é esse? Demais pacientes... ou é a casa de Maíra, isso não vai acabar nunca, porra?!" O pensamento ainda contém alguma lógica, mas o sono e o sonho iniciam sua visita. O casarão flutua pelos ares. Captura José e pergunta-lhe por que faz o que faz, quantas almas roubou, quantos documentos. Quer saber o que o meliante faz com as almas e com o dinheiro roubados. José sorri e diz que quer ser eterno, só isso. José e Antonio estão num restaurante de beira de estrada comendo arroz, feijão, farofa amarela, ovo frito com gema mole e contrafilé acebolado. Quente, saboroso, o sal aguça a saliva e a pimenta de garrafa confere um toque picante, potencializando todos os aromas. A consistência do bife está perfeita, ao ponto e com uma finíssima crosta de gordura tostada e macia. O feijão preto, grosso, gordo, cozinhado com bacon, paio e costela pede muitas garfadas, e assim é. Antonio come com prazer. José come com prazer. Para acompanhar, cerveja estupidamente gelada. Prazer... Comem, conversam, falam sacanagem, brindam.

— Cara, a vida é muito louca.

— Louca porra nenhuma, a gente faz o que tem que fazer. Come, respira, trabalha, dá uma boa foda e dorme. Não complica, José.

— É... é isso...

— É isso!!!

E brindam novamente.

O dia amanhece calmo, com Antonio acordando normal e bem-disposto. Pensa em arrancar a borracha com o soro que está grudado ao seu braço, mas desiste. Opta por esperar a visita de Maria, de Maíra, do médico ou de quem quer que seja. Num primeiro momento, pensa em fugir dali sem avisar ninguém, para continuar com seu trabalho. Apesar de bem melhor, ainda se sente fraco. Espera.

Não passa muito tempo, é acordado por Maria. E percebe, nesse instante, que não acordou momentos antes como pensou; sonhou que acordou, o que não é tão incomum para alguém que sonha frequentemente e tem a mania de rabiscar os sonhos num bloquinho. Ainda sob o efeito da droga que circula no seu sangue, sente-se pesado, lento, não consegue se mexer. Fala com muita dificuldade.

— Quando isso vai acabar, Maria? Não aguento mais.

— Não se preocupe, estamos aqui com você.

Enquanto Maria tira sua temperatura, ele olha atentamente para o crachá que está preso ao bolso dela e, apavorado, lê, logo abaixo do nome com a foto de Maria, os seguintes dizeres: Sanatório Charcot. Tenta se levantar, debate-se, grunhe, mas, quando percebe que está amarrado, contido na cama, desiste da luta. Olha para Maria com olhos de criança.

— Por que vocês me trouxeram pra cá, Maria, o que é que está havendo?

— Antonio, você teve outra crise, mas já vai ficar mais tranquilo. Relaxa, está tudo bem.

— Como assim, outra crise?...

— Agora você vai dormir. Depois a gente conversa melhor, não se preocupe e procure relaxar.

Antes de terminar a frase, Antonio mergulha num sono profundo, vazio.

Dessa vez, acordo sabendo exatamente o que eu perdi: foco e objetivo. "Como as coisas se perdem, evaporam..." Não sendo mais corpo, isso não é nada de mais. Sinto-me leve e descompromissado. Minha investigação continuará eternidade afora, contando, evidentemente, que a linguagem resistirá à explosão do sol. Consigo rir de mim mesmo como há muito não fazia. Investigar sem foco é mais prazeroso, ele aparece quando menos se espera e desaparece na mesma velocidade. Isso vale também para qualquer tipo de objetivo, tendo plena consciência de que tais conceitos servem principalmente para mim, um ser volátil e espalhado e, talvez, para outras poucas pessoas solúveis como eu.

Continuo minha poética e *clownesca* peregrinação fazendo uma visita a Antonio, que ainda está com dificuldade para entender que, em grande parcela da sua vida, foi um interno do Sanatório Charcot. Fazemos parte da mesma história, portanto, nada mais justo. Recebe minha visita como poucos. Trata-me muito bem, com educação, prazer e uma esperada capacidade de compreensão; a identificação é quase inevitável. Em pouco tempo, nos tornamos amigos de sangue, próximos, inseparáveis. Aos poucos, os surtos psicóticos de Antonio vão rareando à medida que nossos encontros vão ficando cada vez mais frequentes. Recomendo que fale comigo sempre em voz baixa para que ninguém ache que ele fala sozinho, podendo comprometer sua recuperação. Se disser ser amigo de uma ideia (talvez a melhor palavra para me definir), e que não sabe exatamente como e nem por que essa amizade começou, provavelmente passará o restante da vida internado. Mas o fato é que testes são feitos periodicamente, comprovando a franca melhora de Antonio. Faz exercícios físicos regulares, aproveitando ao máximo as horas ao ar livre, pinta quadros impressionistas com a maestria de um Van Gogh e mostra-se cada vez mais equilibrado, mesmo estando sob doses muito baixas de medicamentos que, pouco a pouco, vão sendo reduzidas até a supressão total do tratamento. Diz-me ele que nossas conversas trazem-lhe a luz. Lembro de um psicólogo que frequentei, antes de ser apenas uma ideia, que me dizia sempre: fala que a luz vem. Pelo visto, ela veio para Antonio através das minhas palavras. Falamos de coisas muito simples, discutimos sobre política, educação, relações, amores, angústias, frustrações, vitórias... nada muito especial, profundo ou enigmático. Todas as histórias se complementam, se contradizem, concordam e discordam com uma desfaçatez de criança. Investigamos a vida com o material da nossa primeira infância, para o bem e para o mal. "Depois que Demócrito descobriu o átomo, Antonio, nada de muito novo foi descoberto", adoro usar essa frase como uma espécie de bordão ao final de cada encontro, para rir e relaxar. "Vamos continuar vendo discos voadores?" "Quantos a gente quiser."

Até que, um dia, Antonio recebeu alta e pôde apaixonar-se pela Maria real, a mesma auxiliar de enfermagem que por anos cuidou dele; casou, teve um filho, sentiu saudades ao vê-lo partir para morar fora e passou a ter uma vida produtiva, cuidando do corpo, produzindo coisas boas, sendo permeável ao mundo. Descobriu sabores jamais percebidos antes do inferno.

Continuamos, a quatro mãos, produzindo uma poesia que provoca, diverte, não revela e abre um imenso sorriso àqueles que, como nós, percebem que inventar a vida é a única saída possível.